ドラゴリアン婚姻譚
～甘やかされる生贄～

Ayano Saotome
早乙女彩乃

CHARADE BUNKO

Illustration

キツヲ

CONTENTS

序章

それは、風のない満月の夜のこと。

イングラッド王国のエド王が、美貌《びぼう》の側室アンに与えた西の古城。

平野を流れる河川のそばに建つ城の周囲には、敵の侵入を防ぐ外堀も城壁もなく、王国の平和が長く続いていることを象徴するような構造になっていた。

居住域の一番高い塔の最上階テラスに跪《ひざまず》き、両手を胸に組んで一心に天に祈っているのは、純白のドレスを着たまだ幼さの残る美しい人物。

つややかな蜂蜜色《はちみついろ》の髪に挿《さ》したティアラが、夜空の星のまたたきに同調するようにきらめいている。

「神様。どうか私の願いを聞き届けてください…」

病に倒れ、今にも命を落とさんとする母の助けを天に乞《こ》うていると、荒々しい羽音とともに風が吹き、急にあたりが暗くなった。

肩に届くほどの金髪が千々に乱れて、細い顎《あご》があがる。

「っ……！」

あまりの驚きと恐怖だったのか、息を呑《の》む音が聞こえるほどだった。

「まさか、そんな……私の目の前にいるのは、神話の中の…伝説の緑竜…！」

澄んだその碧眼《へきがん》には、絵本の中でしか見たことがない生き物の姿が映っている。

月を背にし、石の欄干《らんかん》に舞い降りて羽を休めているのは、深緑の雄々しい竜だった。

その異形の姿におののいて目を逸《そ》らせると、不思議なことに、竜は人の言葉で語りかけてくる。

「蜜色の髪をしたおまえ、名はなんという」

この国には多くの神話や伝説が存在し、深緑の竜は願いを叶《かな》える代償に、人を食らうのだと言い伝えられていた。

もちろんそれらは神話の域を出ることはなく、多くの者はお伽噺《とぎばなし》として語り継いできたに過ぎないのだが。

「聞こえないのか？　名は、なんという？」

「は、はい！　私は…エーリアルと申します」

今度は緑竜の目を真《ま》っ直《す》ぐに見あげて告げたが、なぜか相手からは返事がなくて、しばし二人は見つめ合ってしまう。

エーリアルは己の心臓が、急に早鐘のように拍動し始めたことに気づいた。

「あ、あの…」

もう一度、伝えようかと迷っていると、まるで我に返ったような相手から返事が来た。

「すまない……エーリアルか。とてもいい名だ。だがおまえ、なぜそんな服装をしている？」

深緑の竜はドレス姿の全身を、ひどくぶしつけに眺めてくる。

「え？　あの…どういう、意味…でしょう？」

意表を突く問いに、明らかに動揺して視線を泳がせるエーリアル。

（まさか…この緑竜は、僕が本当は男だってことを見抜いている？）

正体を知られているかもしれないと気づき、この場をどう切り抜けようか悩んでいたが、
やがて緑竜はふんと一つ鼻を鳴らした。

「まぁいい」

深緑の鱗《うろこ》のような肌をした竜は、立派な翼をその背にたずさえ、長い首と小さな頭を持つ。

牙《きば》の生えた口は耳まで裂け、欄干に摑《つか》まる両足には鋭い爪《つめ》が光っている。

「おまえ、年はいくつだ？」

誰もが震えあがる外見を目の当たりにして、今にも身体《からだ》が凍りつきそうになる。

だがエーリアルはぎゅっと奥歯を嚙《か》みしめ、イングラッド王国の王族らしく、堂々と答えた。

「はい。今日で、ちょうど十五になります」

緑竜に、頭の先からつま先までを凝視されて息も止まりそうだったが、よく見ると、その紅眼《こうがん》はとても綺麗《きれい》で、そして優しい色をまとっているように見える。

さらに知性さえうかがえると気づいたとき、少しだけ安堵《あんど》できた。

「ではエーリアル。もしもそなたの母の命を助けてやれば、おまえは俺になにをくれる？」

「え？　あの…」

どうやら緑竜は、先ほどの懸命の願い事を天空で聞き届けていたらしい。

「どうした？　早く答えてみろ」

それならばと、エーリアルは急いで竜の前でかしずいた。

「はい。もしも母の命を救ってくださったなら、私はあなたが望むものをなんでもさしあげます」

竜の紅《あか》い瞳《ひとみ》が、月光を弾《はじ》いて宝石のようにまばゆく光った。

「それは、命でもか？」

「命？　あの……緑竜さま。あなたはやはり、言い伝えの通り人を食べるのですか？」

怖々と尋ねてみたところ、なぜか竜が面白そうにくつくつ笑う。

「俺が人を食べるだと？　なるほど…ではおまえが、病の母親の命と引き替えに、俺の生贄《いけにえ》になるというわけだな？」

「もちろんです。もし母を助けてくださったら、私のすべてをさしあげます」

緑竜はその答えに満足したのか、突如、翼を大きく広げて一つ羽ばたかせる。

エーリアルはその禍々《まがまが》しい異形の姿に恐怖を感じつつも、なぜか魅せられている自分を感じていた。

「相わかった、優しい者よ。ならばこの契約は成立だ。おまえのその願い、俺がしかと叶えてやろう」

「あぁ、なんてことでしょう！　緑竜さま、ありがとうございます。本当に感謝いたします」

エーリアルは立ちあがると、貴婦人のごとく礼儀正しくお辞儀をして謝意を示した。

「では、ここにグラスを持ってこい」

理由はわからなかったが、急いで銀杯を持ってきたエーリアルがそれを両手でさし出すと、竜は自らの爪で左翼を切り裂く。

「あっ！」

血しぶきが白いドレスに散り、傷口からはどくどくと真っ赤な鮮血があふれて、グラスに満ちていった。

「竜族の血には人間の病を治癒させる力がある。これを毎日少しずつおまえの母に飲ませるといい」

「…承知しました。ありがとうございます」

「それから、よく見るとおまえは痩《や》せすぎているようだな。だからしばらくは生かしておいてやることにする」

「え…?」

胸に銀杯を抱いたエーリアルは、驚いて緑竜を見あげる。

「だが、いいか。やがておまえが二十歳《はたち》になった夜、再びここに迎えに来よう。俺の名はセイファスだ。竜王セイファス。今宵《こよい》の契約を忘れるなよ」

自らを王だと名乗った緑竜は、大きな翼を広げると一瞬にして空に舞いあがった。

サファイアの色をした夜空を緑の竜が飛び去っていき、やがてその姿はイングラッド王国の最果ての地と呼ばれているゾゾ山の山間《やまあい》の霧の中に消えていく。

(……竜王セイファスさま。僕の願いを叶えてくださってありがとうございます)

エーリアルはその姿を最後まで見送ったあと、母の寝室へと急いだ。

ワインに緑竜の血を混ぜ、それを薬だと偽って母に飲ませた。

その夜は母の病状に変化はなかったものの、彼女は日に日に体力を回復させ、やがて元気を取り戻していった。

竜王セイファスと交わした契約。

エーリアルが生贄として、彼に食われる期限は五年後。

それまで、また母との思い出を作れることを、エーリアルは心から喜んだ。

第一章

イングラッドは、若くして王位を継承したエド王が正妃とともに統治する平穏な王制国家。

市街地の中心に建つ雄壮な居城には、国王夫妻が王女と暮らしている。

そしてそこから一里ほど西に位置する古城には、エド王の美貌の側室であるアンが、その一人娘エーリアルと一緒に住んでいた。

エド王と側室アンの出会いは、今から十数年前にさかのぼる。

その年は天候に恵まれ、イングラッド王国でも作物がよく育った。

まさに二人の出会いは、そんな実りの頃。

地方の領地への視察でドンガ村を訪れていたエド王は、果樹園で働いていた美しい女性、アンと出会う。

彼女は幼少期の記憶を失っていたが、エド王は一目でその美貌の虜《とりこ》になった。

熱心に何度か村へ通って村長の了解を得た王は、アンを連れ帰って西の古城に住まわせ、頻繁に通い始めたのだ。

そんなふうにエド王の寵愛《ちょうあい》を受けて側室という地位を手に入れたアンだったが、当然、正妃は面白くなかった。

国王夫妻の間に不穏な空気が漂い始める中、やがてアンは西の古城で男の赤子を出産した。エド王は正妃との間にすでに王女をもうけていたが、イングラッド王国は代々男子が王位を継承してきた経緯がある。

そのため、正室と側室の間に無益な確執が生じないようにと、エド王は生まれた赤子を女児と偽って育てるようアンに命じた。

だから赤子はエーリアルという女性名を与えられ、西の城で姫君として育てられることになった。

そのため、本当の性別についてはアンと乳母《うば》、そしてごく一部の近しい者にしか知らされなかった。

ところがエーリアルが生まれたあと、エド王の足は西の古城から次第に遠のいていき……。

側室とその幼い姫君は、十人ほどの召使いとともに城に幽閉されたような状況となってしまったが、それでも二人は慎《つつ》ましくも幸せに暮らしていた。

やがてエーリアルは母に似て美しく成長したが、十五歳のとき、母は重い病に倒れてしまった。

命を落としかねない状態だったが、ある夜、エーリアルが深緑の竜と契約を交わし、母は奇跡的に命を取り留めて回復。

その後は再び幸せな日々を送っていたが、二年前、アンは領地内での落馬事故によって呆《あっ》気《け》なく命を落としてしまった。

さらに不幸は続き、西の城の姫君の秘密を誰が密告したのか、エーリアルが本当は王子であることが王妃の耳に入ってしまい…。

一人娘である王女の王位継承権を危うくさせる存在の出現に激昂《げっこう》した王妃は、エーリアルが成人を迎えるその日、西の城に暗殺隊をさし向けた。

それは偶然にも、エーリアルがセイファスと契約を交わした十五歳の夜から、ちょうど五年目の今夜だった。


あの日と同じ、風のない満月の夜。

古城の一番高い塔のテラスに歩み出たエーリアルは、竜王セイファスと出会った五年前と同じように膝《ひざ》をついて手を組み、天に祈りを捧《ささ》げる。

まるで花嫁衣装のような純白のドレスに身を包み、その髪には黄金の冠が輝き、胸には母の形見の星《ペンタグラム》を象《かたど》ったペンダントが揺れている。

エーリアルは知っている。今宵、己の命が尽きることを。

それは五年前、セイファスと結んだ契約によって定められた運命で、すでに覚悟はできていた。

(―――僕は今宵、竜王の生贄になる)

だからこの日を迎える前、城にいた数人の召使いには暇《いとま》を取らせていたため、すでに城内には誰も残っていなかった。

やがて静寂の中、かすかに翼の羽ばたき聞こえ、それがだんだん近くなってくる。

エーリアルは顔をあげた。

月を背にして、テラスの欄干に舞い降りてきたのは、深緑の美しい竜。

だが…。

ちょうどそのとき、王妃が差し向けた数人の刺客が、城郭の門と扉を破って城内に侵入を果たした。

エーリアルの居室があるこの塔まであがってくるのは、もう時間の問題だった。

「お待ちしておりました。竜王セイファスさま」

立ちあがって恭しくお辞儀をしたエーリアルは、凜《りん》としたなまなざしを向ける。

「西の古城のエーリアル。俺との契約をよく覚えていたな。で、もう覚悟はできているのか？」

その声は五年前と変わらず、紅い瞳は今も優しさと知性にあふれている気がした。

「はい。あのときは母を助けてくださいまして、ありがとうございました。母は二年前に落馬事故で命を落としましたが、それまでの三年間は私に幸せな思い出をたくさん残してくれました。本当にセイファスさまのお陰です。さぁ、今宵は契《ちぎ》りの日。どうぞ私を贄としてどこにでもお連れくださいませ」

塔の螺旋《らせん》階段を、最上階を目指して駆けあがってくる複数の刺客の足音がして、やがて扉の前で止まった。

「おまえの決意はわかった。では今から、俺の国にある城まで連れていこう」

深緑の竜は身を低くして大きな翼を広げると、己の背に乗るよう指示する。

まさにそのとき、部屋の扉が斧《おの》で破壊され、刺客たちが剣を振りかざして室内になだれ込んできた。

「ここに、アン王妃のご息女はおいでか！」

だがすでにエーリアルは、塔のテラスから緑竜の背に移ったあとだった。

鱗に覆われたセイファスの皮膚は思いの外やわらかく、人肌の温《ぬく》もりがあることに少しだけ安堵する。

「見てみろエーリアル。俺におまえを連れ去られまいとして、エド王が兵士をよこしたようだな」

そして…王妃の刺客は信じがたい魔物を目にして、その場で動けなくなっていた。

人の背丈の三倍はあろうかと思える異形の竜の姿に、皆が怖《お》じ気《け》づき、おののいている。

しかも人の言葉を話すのだから、なおのこと不気味に見えたようだ。

だが…ややあってから、刺客の一人がセイファスとエーリアルにとっては、想定外の言葉を口にした。

「西の城の姫君！　我らはあなたのお命を頂戴《ちょうだい》するよう、王妃に命じられて参った者。さあ、覚悟なさい！」

「……！」

自分が王妃に命を狙《ねら》われていることなどついぞ知らぬエーリアルは、我が耳を疑う。

（嘘《うそ》だ……王妃さまが、僕の命を狙っている？　そんな…まさか…！）

それはセイファスでさえ、予想もしなかった事態。

彼は数人の兵士がここに突入してきた理由を、自国の姫君を奪いにくる賊、すなわち自分から護《まも》るためだと思っていたが…。

緑竜は兵士たちを威嚇するため、澄んだ空に向かって轟《とどろ》くように吠えた。

その雄叫《おたけ》びの威圧に臆《おく》した刺客たちが一歩二歩と後退すると、緑竜は彼らに提案する。

「聞け！　王妃の刺客とやら。目的がエーリアルの命ならば安心するがいい。こやつは五年前から俺の獲物で、国に連れ帰って贄とするつもりだ。もう生かしておくことはないのだから、二度とこの国の土を踏むこともあり得ない。それでいいな？」

「いや、しかし！」

王妃の命を受けた刺客たちは、それでも振りあげた剣を下ろさなかった。

「おまえたち、よく考えてみるがいい。このように美しい者をその手にかければ、この先ずっと寝つきが悪くなるぞ？」

おどけた調子で語りかけたのが功を奏したのか、はたまた納得できる説得だったのか、意外にも刺客たちは反論しなかった。

「それは…まぁ、確かにおまえの言う通りだが、しかし…これは王妃さまの命令で…」

「ならば王妃にこう伝えるがいい。西の古城の姫君は、竜王の贄として食われてしまったとな」

機転を利かせたエーリアルは、髪に挿していた黄金のティアラを外すと、それを刺客の一人に投げ渡した。

「これは私の父であるエド王にもらった王族の証《あかし》のティアラです。どうかこれを、殺害の証拠としてお持ちください」

「ですが…」

これで話は終わったようだ。

「では、おのおの方、我々はこれにて失礼する」

「皆さん、ごきげんよう」

困惑している刺客たちを残し、セイファスはエーリアルをその背に乗せたまま強く羽ばたいて一瞬にして天高く舞いあがる。

あたりには疾風が巻き起こり、刺客たちが目を覆っている間に、深緑の竜は西の古城の姫君を遙《はる》か空の彼方《かなた》へと連れ去ってしまった。


「エーリアル、しっかり摑まっていろよ」

「はい。竜王さま」

「飛ぶのは初めてだろうが、怖がらなくていい。決して落としたりしないから」

自分に配慮してくれる竜王が意外で、エーリアルはうなずいて笑みを見せた。

「それから、俺のことはセイファスと呼んでかまわない」

「え？　ですが……」

いくらなんでも、そんな馴《な》れ馴《な》れしい呼び方でいいのだろうか？

「俺がいいと言っている。これは命令だ」

「…わかりました。セイファス…さま」

「あぁ、それでいい。ではエーリアル、しばらくは二人で空中散歩といこうか」

「はい！」

月の美しい夜空を、想像以上の早さで飛び続ける深緑の竜。

その背に乗ったエーリアルは、怖がるどころか、初めて空から見下ろす街や森に、ただただ感動して胸を高鳴らせている。

「空から見る街はどうだ？　想像以上に美しいだろう？」

風を裂いて飛び続ける緑竜の背で、金色の髪と白いドレスが舞い踊っていた。

「あぁセイファスさま。死ぬ前に、こんな素晴らしい景色を見ることができるなんて…私はなんて幸せ者なんでしょう」

眼下の町並みを眺めながらエーリアルが感慨深げに伝えると、緑竜は少し安堵したように息を吐いた。

「おまえは今、幸せ者だと言ったか？　ふん、聞き間違いでないなら、ずいぶん変わった奴だな。まぁ、思えば最初からそうだったか」

「あの、なにがです？」

風が耳元で騒いでいるが、緑竜の声は肌を伝って響いてくるのか、はっきり聞き取れる。

「初めて竜を目にした者は、たいがい腰を抜かして恐れおののくもの。だが意外なことに、おまえは俺の姿を見てもまったく動じなかった。本当に、俺が怖くなかったのか？」

十五歳の誕生日を迎えた満月の夜。

西の古城に、最初に緑竜が現れたときのことを、エーリアルは思い返してみる。

「あの夜、私は病気の母の命を助けて欲しい一心でした。その願いが叶うなら、神でなく魔物とでも契約を結ぶつもりでいたんです。だから少しも怖くなかった…と言いたいところですが…」

エーリアルは正直に答える。

「でも実際、あなたが…緑竜が目の前に姿を現したときは心臓が止まるかと思いました。内心は怖かったんです。でも、王族たる者、どんなときも沈着冷静でいるよう幼少の頃、父に教えられましたから…」

「なるほど、そうだったのか」

「でも不思議なんですが、緑竜に怯《おび》えていた私は、あなたの紅い瞳を見て……そのとたん、嘘のように恐れが消えてなくなりました。なぜだか理由はわからないんですが」

紅玉のような瞳は、どこか優しい色を帯びていた。

それに、恐ろしい魔物であるはずの深緑の竜の声は、とても穏やかだった。

「あぁ、おまえの態度は堂々として立派だった」

気流に乗った緑竜は、もう羽ばたかずとも流れるように風を切って飛んでいく。

「ありがとうございます」

「そんなふうに、見かけによらず肝が据わっているところも俺は気に入っている」

今夜、生贄となるエーリアルは、もうわずかの時間しか残されていない命。

だとしても、伝説の緑竜に誉《ほ》められたことが、今は素直に嬉《うれ》しかった。

細い指先が、まるで礼を伝えるように鱗の肌をそっと撫《な》でる。

(セイファスさま。本当は贄として食われて殺されるなんて、とても怖いんです。でも…王族の者として、毅然《きぜん》と死を迎えたい。それが今の僕の願いです)

その夜、満月を背に天空を悠々と飛び去る美しい緑竜の姿を、地上の街や村でどれだけの者が目にしたのかは定かでない。

それでも、確実にまた伝説を語る者が増えたことに違いないとエーリアルは思った。

「さて、今から暗く狭い場所を抜けなければならないから、顔を伏せてしっかり掴まっていろ。ゆっくり飛ぶが落とさない保証はないからな」

イングラッド王国では、異世界との境界があるのだと昔から言い伝えられているゾゾ山。

そこまで一気に飛行を果たした緑竜は、山間に濃く立ち込める霧の中へと突っ込んでいく。

湿った木々と土の匂《にお》いが近くなって、エーリアルは緑竜の背中の鱗をしっかりと掴んだ。

崖《がけ》の中腹にぽっかり口を開いた洞窟《どうくつ》の入り口に飛び込んだ次の瞬間には、視界は真っ暗になってしまう。

それでも、根っから好奇心旺盛なエーリアルは、身を低く伏せながらも周囲の様子を確かめる。

ここは暗くて狭い洞窟で、自分たちはその中を延々と飛んでいるようだった。

「あの…セイファスさま。この洞窟の先には、いったいなにがあるのでしょう？」

たまらずに、疑問を口にしてみる。

「そうだな…この先には、俺の国がある」

「え？　まさか！　この先に、他の国があるとおっしゃるのですか？」

信じられなかった。

「他の国と言えばいいのか、異世界とでも言う方が正しいのか…まぁ、違う国であることは間違いない」

「もしも…おっしゃることが本当なら、セイファスさまは五年前もこの洞窟を抜けて、イングラッド王国にいらっしゃったのですか？」

「あぁそうだ。俺が異世界に行くことは亡き父に禁じられていたが、あの日は父の命日で、好奇心の強い俺は、一度だけ禁を破って密《ひそ》かにおまえたちの国を見に行った」

「でも…なぜお父様は、異国に出向くことを禁じたのでしょう？」

「そうだな。おまえたちの国では、竜は魔物として恐れられているようだから、むやみに怖がらせてしまうからだろう。おまえはどう考える？」

確かにその通りだとエーリアルも同意を示す。

「魔物と恐れられている竜が何度もイングラッド王国に現れたら、おそらく父はゾゾ山に多くの兵隊をさし向けるでしょう」

戦になることは容易に察しがついた。

「お父上の考えは、無意味な対立を避けるための英断だと存じます」

とはいえ、人間は険しいゾゾ山の切り立つ崖にある、この洞窟の入り口すら見つけることができないだろうとエーリアルは推測した。

「エーリアル、どうやらおまえは器量だけでなく、頭もいいようだな」

この先には生贄にされる運命しか待っていないのに、やはり彼に誉められることが嬉しかった。

「ありがとうございます。でも、セイファスさまがお父上に背いてイングラッド王国にいらしたおかげで母は救われました。あの夜のことを、私は片時も忘れたことはありません」

「あぁ、そうだったな。俺も同じだ。あの夜のことは今でもよく覚えている。父が亡くなってから五回目の命日だった。満月の美しい晩で、俺は天空で祈りの声を聞いた。そして、古い城の塔のテラスで、厳かに天にかしずく美しいおまえを見つけた」

そして……僕の運命は、あの夜に決まった。

「これが運命なら、私はすべて受け入れます」

死を覚悟したエーリアルは、少しだけ寂しげなほほえみを浮かべた。

永遠に続くかと思えた迷路のような長い洞窟を、二人はようやく抜けた。

「もう顔をあげてもいいぞ。さぁ、目を開いてよく見てみろ。ここが俺の世界だ」

翼を水平に広げたまま肢体が傾けられると、流れが変わった風が一気にエーリアルの脇《わき》をすり抜けていく。

緑竜は陸地が見えやすいようにと、身体を斜めにしたままゆっくり旋回するように飛んだ。

「あっ！」

眼下に、イングラッド王国とはまた違った、美しい国の景色が延々と広がっていた。

「果樹園にあれほど多くの果実が実っているなんて、私の国では見たことがありません」

よほど農業の技術が高いのか、気候に恵まれているのだとエーリアルは推測した。

確かに肌に感じているのは温暖な空気で、ほどよく湿気が保たれている。

一年を通じて気温が低く、雨が多いイングラッド王国とは、風の匂いが違っていた。

そして、緑豊かな山の斜面を利用して建てられた雄壮な城は、白い壁と先端が尖《とが》った緑の屋根を持つ無数の塔が印象的だった。

「セイファスさま、なんて美しい城なんでしょうか！　まるで、おとぎの世界のよう」

「ははは！　そうだな。エーリアル、俺の国は美しいだろう？」

「ええとても！　あの……この国の名は？」

「ここは、俺が統治する王国、ドラゴリアンだ」

山の裾野《すその》から平地にかけて広がっている城下町には整然とした道路が整備されていて、渓谷を流れる大きな川からは人工的な水路が街に延びている。

それは人々の生活に必要な水を、隅々の家や田畑に供給するため、緻密《ちみつ》に設計された用水路だとわかった。

高度な知識と施工技術がなければ、これほど理想的な街の設計図は描けない。

「ここが、ドラゴリアン王国なのですね……あぁ、本当に美しい国。でも美しいだけではなく、道路や水路が整備されていて、誰もが住みやすい工夫がされていますね」

エーリアルの目のつけどころが意外で、彼は面白そうに目を眇《すが》めた。

「きっと、優秀な人材がおそろいなのでしょう」

「あぁ、その通りだ。俺の国では、幼少期からすべての子供に均等な教育を受けられるような制度を作っている。その学びの中で、個人がどういった分野に適性があるのかを優秀な教師が見極め、その能力を伸ばしてやることで、将来は適性に応じた現場で仕事ができるようにしているんだ」

「適材適所ですね。自分に適した仕事に就けば、辞める者も少なくなるでしょうし、やりがいを感じる者も増える」

その発言に、もう一度、緑竜は目を見張った。

「その通りだエーリアル。豊かな国を作るには、豊かな知識と感性を持った者を育てるのが一番だというのが、先王である父の考えだったが…やはり、おまえは賢い」

セイファスが少しずつ下降していくと、美しい街や城がエーリアルの視界の中でさらに大きくなっていく。

「それにしても驚きました。イングラッド王国の最果てにあるゾゾ山の向こうに、こんな豊かな国があるなんて誰も知りませんでした」

「あぁ、そうだろうな。おまえたちの国の者は、この国の存在すら知らない。なぜなら、あの洞窟を知っているのは竜族か魔女だけだからな」

「なるほど…そうなのですね。そしてここが、セイファスさまが治める国なのですね」

「そうだ。このドラゴリアン王国は代々、我ら竜族が統治し、この国に暮らす人間たちを守り治めている」

「え？　あの…一つうかがいますが、街に住む人々は……人間、なのですか？」

素朴で単純な質問だったが、彼は声をあげてひとしきり笑った。

「あ…あの……変なことを訊《き》いてすみません」

「かまわない。あぁ、その通りだ。彼らはおまえとなに一つ変わらない人間だ。さぁエーリアル、城はもう目の前だ。今から城の庭に降りるから、しっかり摑まっていろよ」

街を見下ろす丘の中腹に建つ、周囲を長い城壁に囲まれた雄壮な城。

そこを目指して、緑竜は少しずつ高度を下げて降りていく。

ついに城内にある中庭へと降り立つと、竜王セイファスは背中に乗せたエーリアルを降ろした。

「ありがとうございますセイファスさま、とても素晴らしい経験をさせていただきました」

エーリアルが謝意を伝えようと緑竜を振り返った次の瞬間、信じられないことが目の前で起こる。

白い霧のようなものが帯状に緑竜の身体を包んでいき、その姿が見えなくなった。

（え？　これは…いったいどういう…こと？　僕は、魔法でも見せられている？）

そして蒸発するように霧が晴れたとき、エーリアルの目の前には見知らぬ青年が立っていた。

声も出せないほどの驚きに、ただただ目を見開いて息を呑む。

「あの…？　え？　ええ？　あなたは……いったい？」

目の前に現れたのは眉目《びもく》秀麗な気品あふれる人物で、エーリアルは彼の顔かたちや服装など、ぶしつけなほど熱心に見つめる。

そのふっくらとしたプールポアンと、その襟元に巻かれているのは麻のやわらかそうなクラヴァト。

脚衣《きやくい》は肌にフィットしたキュロットパンツと、馬の革をなめした膝丈の茶褐色のブーツ。

普段使いの衣装のようだが、どれも最高級の品質の衣装だということが見て取れる。

それは王族であるエーリアルも、王城から常に流行の衣装を贈られていたため、確かな目を持っていたからわかった。

困惑を深めているエーリアルに、彼はにやりとクールに笑ってみせると、

「俺が誰だかわからないのか？」

と告げる。

「いいえ…でも、そんなことが本当に？　あぁ、あなたは…セイファスさま？」

すると彼はまるで上流騎士のごとく、とても優雅に片手を胸に当てて答えた。

「イングラッド王国のエーリアル、我こそは竜王セイファスだ。そして、俺が統治する王国、ドラゴリアンへようこそ」

やはり、彼こそが緑竜であり、セイファス王。

（信じられない。これが…セイファス…さま？　なんて、その…なんて気品のある方なんだろう。そして、とても美しくて、ハンサムだ…）

そんなふうに思わず胸中でつぶやいてしまってから、エーリアルは己の無意識の思考にあわてて頭を振った。

（あぁ、僕はなんて下品なことを考えているんだろう！　ハンサムだなんて品のない言い方をするなんて…でも、でも…本当に彼は、とても男らしくて素敵な方だ…いや。あぁ！　やっぱり僕は変だよ。なんか…どうしちゃったんだろう！）

視線を泳がせ、口を動かしているものの、声は出せないという…。

今のエーリアルはどこから見ても不審者のそれで、セイファスは肩を揺らして豪快に笑った。

(どうしよう、僕は…なんだか恥ずかしい。しっかりしなきゃ!)

「すみません。動揺してしまって…あの、でも……にわかには、信じられなくて。セイファスさまは、人の姿にもなれるんですね?」

(でもやっぱりセイファスさまは…本当にその…例えるなら、絵本で見た王子様か騎士みたいに素敵な方だ…)

長身でスタイルバランスが抜群の彼が腕を組むと、それだけでさまになっている。

「そうだ。俺だけでなく、竜族ならば誰でも人の姿に変化《へんげ》できる。というより、俺たちは飛ぶとき以外、普段は人間の姿で過ごしている」

基本的に好奇心が旺盛《おうせい》なエーリアルは、目の前で見せられた極上の魔法にやはり興味津々《しんしん》となる気持ちを抑えられなかった。

「あの、本当に失礼なのですが…えぇと、少し失礼いたします」

と告げると、セイファスの正面に歩み寄って背伸びをし、その端整な顔をのぞき込む。

「深緑の髪とルビーのような紅い瞳は緑竜の姿のときも変わりませんね。でもこの肌は…先ほどの硬い鱗に包まれた皮膚とはまったく別物で人間そのもの。それに…」

エーリアルはセイファスの服の下に隠された、逞《たくま》しい筋肉にも遠慮なく触れていく。

それはまったく卑猥《ひわい》な意味合いではなく、単に好奇心ゆえの行動なのだが…。

「すごい…この胸は鋼鉄のように硬い。腕も肩も、本当に逞しい」

両手で胸の隆起を確かめるように撫で、上腕二頭筋をなぞってから今度はセイファスの手を取った。

「それに、大きな手」

なにもかもを相手の好きにさせながら、面白そうに連れ去ってきた生贄を見ていたセイファスは、怖いもの知らずのエーリアルの顎を摑んで顔をあげさせた。

「あっ」

「おまえ、本当に俺の正体を知っても怖くないのか？　それに、おまえは今からこの城で生贄になるんだぞ？　俺に殺されるかもしれない」

その問いに、エーリアルは平然とした顔で答えた。

「はい。その覚悟なら、すでに五年前の夜にできていました。ですが正直、怖いか怖くないかで言いますと、とてもとても怖いですが…」

正直な物言いに、彼はまた、くつくつと笑って、エーリアルもそれにつられて苦笑してしまった。

ついで、エーリアルは急に真顔になって目を伏せてしまう。

「……どうかしたのか？」

先ほどイングラッド王国で聞かされた真実が、ずっとその胸を締めつけていたからだ。

「セイファスさま、私は今…とても心が傷んでいます…」

エーリアルは、ひどく哀《かな》しげな顔でこぼす。

「なんだ？　なにに対して心が傷む？」

つい今までは、初めてづくしの素晴らしい体験に興奮してその苦痛を忘れかけていたが…。

「私は…知りませんでした。父のお后《きさき》さま……王妃さまに、命を狙われるほど私は憎まれていたなんて…」

「エーリアル…」

「生贄として殺される前に、そんな哀しいことなど知りたくなかった。とても…つらいです」

王家の血族に生まれた者は多かれ少なかれ、こういった世継ぎ騒動に巻き込まれるのが世の常だ。

同じく王族に生まれたセイファスも、同情の意を示す。

「そうだな。だが、得てして世の中は理不尽なもの。だから、おまえがそこまで気に病むことはない。元気を出せ」

「え…ぇ。そうですね。でも…あの」

エーリアルは少なからず驚いていた。

（セイファスさまは、誰もが恐れるような緑竜なのに、僕にこんな優しい気遣いをしてくれるなんて…）

「どうした？　なにか言いたいことがあるのか？」

「あ、いいえ…別に、なにもありません」

「ならば、そろそろ居城に参ろうか。さぁ、俺についてこい」

セイファスはそれ以上は追及せず、エーリアルの手を力強く引く。

（あ、とても大きくて温かい手だ。なんだか安心する）

長い城壁に囲まれた敷地内を並んで歩きながら、彼は居城までの道のりを案内し始めた。

エーリアルが住んでいたイングラッド王国は治安のいい国だったため、この城の防衛力の高さが目に留まる。

「セイファスさま、城壁のところどころに空いている穴は、なんのためのものでしょう？」

人の背丈の三倍はあろうかという城壁には銃眼と呼ばれる穴がいくつも空いていた。

「もう察しているんだろう？　おまえの見立て通り、そこは敵に向けて銃を撃つための設備の一つだ」

「やはりそうでしたか…」

しばらく歩くと、今度は城に入るための内門があって、そこには剣をたずさえた兵士が門番をしている。

彼はセイファスの帰還を認めると、足をそろえて一礼してから、落とし格子戸を引きあげる。

「セイファス王、どうぞお通りください」

「あぁ、ありがとう」

城の内部に入ると、召使いらしき者が何人もいて、皆が「お帰りなさいませ」と帰還した王を温かく出迎えた。

エーリアルはまた驚く。

緑竜であるセイファスは、もしかしたら圧政で国を統治しているのかとも少し思ったが、彼らの穏やかな雰囲気から、それはあり得ないとわかった。

（セイファスさまの正体は恐ろしい緑竜なのに、これだけ人々に慕われているなんて…いったい彼はどんな方なんだろう？）

もうすぐ生贄にされるというのに、セイファスがどういう人物なのか、とても興味が湧《わ》く。

「さぁ、こっちだエーリアル」

召使いの前を通るとき、彼らからの好奇に満ちた視線にさらされたが、セイファスはなにも言わなかった。

（僕は生贄にされると知っているから、かわいそうだとでも思っているんだろうか…）

城の中に入ると、そこは広間も廊下もいたるところの壁に彫刻が施され、曲面天井には見事な絵画が描かれていてエーリアルの目を引いた。

召使いたちの居住区域を過ぎてさらに長い橋廊を抜け、螺旋階段をあがると、ようやくたどり着いたのは王の居室。

モザイクタイルの貼《は》られた両開きの扉を開けると、そこはエーリアルにとって、異文化の宝庫とも呼べるような豪華な空間となっていた。

「すごい……！　壁材やタイルの色、床の大理石。そして精巧な家具の数々…なんて素晴らしい」

エーリアルが思わず感嘆の声をあげると、セイファスは満足げにうなずいた。

「さぁ、遠慮せずに中に入れ」

それにしても、いよいよ生贄にされるのだと身構えてこの国にやってきたエーリアルにとって、この展開はかなり意外なことだった。

「あの、ここは…セイファスさま個人のお部屋なんでしょうか？」

「そうだ。城の南側にある区域は王族の居住区で、俺はここで生活している」

契約が履行されるまでの五年間、エーリアルは生贄とは具体的にどういう殺され方をするのかを何度も想像した。

人柱にされるのか、十字架で火あぶりにされるのか…。

もしくはギロチンにかけられる？

だが初めてセイファスに出会った十五の夜、彼は痩せている身体が不満だと告げたため、エーリアルは単純に一つの答えにたどり着いていた。

「あの…セイファスさま。私は、この部屋で食われるのでしょうか？」

（僕の予想では、生贄の儀式は、たいがい礼拝堂の祭壇などで行われるはずなんだけど…）

「……食われる…だと？　なんだ、藪《やぶ》から棒に。ずいぶん物騒なことを言う奴だ」

セイファスはじろりと紅い瞳を光らせる。

「セイファスさま。私はもう覚悟ができていますので、どうぞ遠慮なく私を生贄として食らってください」

想像力が豊かなせいで痛い想像までしてしまいそうで、エーリアルは両手を胸で組んで目を閉じた。

「願わくば、長く苦しませないで一口でパクッと食らってくださると嬉しいです。できれば噛まずに、丸呑みの方が…あぁ、でもそれだと苦しみが長いかもしれません。やっぱり噛んでもらった方が…」

真剣に迷いながらの訴えだったのに、なぜかセイファスは笑いを噛み殺すように喉《のど》を鳴らす。

「あぁ、おまえの望むようにしよう。では、契約の履行の時間だ。さぁ来い」

身体がふわりと浮いて、ドレスの裾がやわらかく舞った。

「っ……」

（いよいよ、僕は食べられるんだ…）

怖くて目を開けられなかったが、セイファスはエーリアルの身体を、まるで初夜の花嫁にするように優しく抱きあげ、どこかに運んでいく。

少し歩いて、そのあと扉が開けられる音が聞こえた直後、エーリアルは極上の質感を持つシルクの上に下ろされて目を開けた。

「え？」

まず目に入ったのは立派な天蓋《てんがい》。

それを支える白亜の円柱は、寝台と一体になっている。

そして、仰向《あおむ》けに寝かされた自分の目の前には、端整で眉目秀麗な男の顔があった。

「セ、セイファスさま。これは、どういうことでしょうか？」

彼はエーリアルの踵《かかと》の高い靴を丁寧に足から取り去り、そして自らもブーツを脱ぐ。

「食らってくれと言っただろう？　ならば俺は今から、おまえの純潔を食らってやる。本当は、こんなことをするつもりではなかったんだが…おまえが面白くて挑発的なのが悪い」

「あ、あの。意味がわかりません」

ずしりとのしかかるセイファスの肉体は筋肉に包まれて硬く、その肌からは濃い雄の匂いが漂っている。

「では、はっきり言ってやる。俺は今からこの寝台の上でおまえを抱いて、その純潔を俺のものにする。これは契約履行の儀式だから、いやとは言わせない」

生贄の契約の中には性交も含まれているのだとわかるやいなや、エーリアルは血相を変えた。

「そんな、待って！　命を奪われるだけかと思っていましたから真相は話しませんでしたが…本当のことを言います」

厚い胸板を手で必死で押し返しながら、真実を明かす。

「実は、私……女ではありません。男なんです。ワケがあって偽っていたこと、本当に申し訳ありません」

衝撃の事実を明かしたつもりだったが、なぜかセイファスは口角を片方だけあげて「そうか」と言っただけだった。

「理由はあの…私の母は側室なのですが、私を…男児を出産してしまいました。だから父であるエド王が、正室との王位継承権争いに巻き込まれないようにと、私を女と偽って育てるよう母に申しつけたんです」

正直に話すと、さらに驚きの答えが返ってくる。

「おまえが男だということは、最初に西の古城で出会ったときに見抜いていた」

「は？　まさかそんな…でも、だったらなぜ？」

男性同士でも性交ができるなどといった知識は、まさに箱入りだったエーリアルは知るよしもない。

答えが欲しいエーリアルだが、セイファスは行動で示したいようだった。

「あっ……！」

肘《ひじ》まである白手袋をした腕を摑んで敷布に縫い止められたエーリアルは、体重をかけて組み敷かれる。

男の硬い肉体にのしかかられると少し呼吸が苦しくなって、浅い息を繰り返した。

「怖がらなくていい。男の抱き方は心得ている」

優しく、でも力強い掌《てのひら》に後頭部を摑まれると、斜めに傾けられた整った顔が落ちてくる。

驚きに目を見張るエーリアルの唇が、セイファスに奪われた。

「んっ……」

（あ、ぁぁ…どうしよう。僕、キスもしたことないのに…でも、なんだか…）

文字通り深窓の姫君だったエーリアルは、殿方とキスの経験もないほど初心《うぶ》だった。

もちろん、性交渉などは論外。

（キスって、なんだか気持ちいい。あ！　セイファスさまのまつげ、長くて綺麗だな…）

そんなことを考えていると。

「いいか、覚えておけ。口づけのときは、目は閉じるのが相手への礼儀だぞ」

かすかな声でとがめられ、とっさに「えっ、はい。すみません」と、生真面目《きまじめ》な返事を返してまた笑われた。

再び唇がしっとりと重なってきて…。

今度のそれは、先ほどのものとは明らかに質が違って、一気に淫靡《いんび》な匂いを含んでいた。

色づくように桜色に染まった唇は、肉厚な男の熱烈な口づけの洗礼を受ける。

ちゅっと吸いついたと思ったら呆気なく離れ、また戻ってきて吸う。

(本当にどうしよう。こんなキス…なんだか怖くて…ちょっと泣きそうだよ)

心細い声が漏れて無意識に顔を左右に振ったら、あやすように吐息ごと甘く吸いつかれる。

唇が腫《は》れぼったく感じるほど、それはまさに食われるかと錯覚するような濃厚な口づけ。

「いい子だエーリアル。緊張しなくていい」

濡《ぬ》れたまつげに縁取られたまぶたがあがると、現れた碧《あお》い瞳はしっとり潤んでいた。

それを見たセイファスは、激しい興奮を隠すことなく己の唇を舐《な》めてみせる。

「ん、ぅ。ふ…っ…」

「さぁ、怖がらずにもっと口を開けろ」

「は…ぃ。ぁん…ぅうん…」

閉ざされた唇の結び目が甘い吐息で満たされる頃、ついに温度の高い舌が口腔《こうこう》に進入するのを許してしまう。

いる。

「ぁん！　っ……は、んんっ…」

エーリアルはキスさえ初めてで気づかなかったが、竜族の舌は表面が少しだけざらついている。

それに絡みつかれると逃れる術《すべ》はなく、気が遠くなってしまいそうになった。

すると、敷布に縫い止められている腕をさらに強い力で押さえつけられ、自分が完全にセイファスに支配されていることを実感した。

「わかったか？　これがさっきの問いの答えだ。俺は女が抱けない。まだわかりにくいなら、はっきり言おう。俺は男色なんだ」

「そんな…セイファス…さま…」

「驚いたか？　だから安心しろ。今から寝台の中で慎ましく身を任せていれば、おまえに極上の気分を味わわせてやる」

節の高い指が、ドレスの胸元を乱そうと触れてくる。

「あの、待って！」

「……ふう、まだなにかあるのか？　今度はなんだ？　言ってみろ」

セイファスが同性を愛することができると理解したエーリアルは、すっかり安堵して相好を崩した。

基本的に、柔軟な性格をしていると自分でも思っている。

「あの…私は今夜、立派に生贄の務めを果たすため、イングラッド王国の城で身体を清めて参りました。ですが…ここに来る途中で洞窟を通ったので、少し汚れてしまって……できれば湯浴みをお願いしたいんですが」

(今の僕は汗もかいているし、ほこりっぽい気がするし…)

たわいもないことを必死に訴えると、セイファスは笑いながらエーリアルの胸ぐらを摑んで囁《ささや》いた。

「おまえの汗の味も体臭も、おそらく俺にとっては好ましいものになるだろう」

襟と袖口《そでぐち》に金糸で刺繡《ししゅう》を施された、白いシルクのローブが脱がされる。

意外なことに、セイファスの手つきはとても紳士的で丁寧だった。

「あの…」

「なんだ?」

セイファスの手をわずらわせたくなくて、エーリアルは何度か自分で脱ぐと進言してみたが、「俺から楽しみを奪うな」とあっさり断られた。

ローブの下にまとっている純白のドレスは薄地の綿布、シュミーズは綿モスリンを使っていて、素肌が透けるほどに薄くて美しい。

それはイングラッド王国に、上質の綿布を作る技術が浸透していることを物語っている。

ドレスは背中にある合わせ目を、銀糸を縫い込んだ組紐《くみひも》で閉じてあったが、セイファスはその結び目をほどいて胸元と肩をあらわにする。

「ぁっ…」

女ではないのだから胸を見られても恥ずかしくないはずなのに、エーリアルは小さく声をあげた。

薄い胸が剝《む》き出《だ》しになると、そこに並んだ桜色をした二つの花芽にセイファスの視線は釘《くぎ》づけになる。

「ここを、まだ誰にも触らせたことはないのか？」

寝室の冷気がほんのり肌を包んで、少しだけ肌寒く感じてしまった。

「なぜ胸を他人に触らせるんですか？　私は着替えは誰の手も借りずに一人でできます」

見当違いの答えだったのか、セイファスは口角をあげて鼻で笑うと、ゆっくりとその小さな花芽を指先で撫でる。

「あっ…！」

とたんに可愛《かわい》い声が響いたことで、彼はふと手を止めた。

「ん…？　どうかしたか？」

（今の声…なに？　僕の声…だよな？）

「いえ…わかりません。でも…勝手に、声が。きっと驚いたからです」

「そうか。なら、これはどうだ？」

無骨な指先が意外にも繊細に動き、両方の花芽の頂《いただき》を指の腹で何度もこすりあげる。

クリクリと乳頭が円を描くように転がされ、そのうち芯《しん》を持ってふくれあがると、今度はいきなり摘《つ》まみあげられた。

「あ、ぁぁん！」

エーリアルがあわてて自分の唇をふさぐと、セイファスは意地悪な顔で見下ろしてくる。

「今度も驚いたからだと言うのか？　でも、驚いたときに発する声とは少し色が違う気がするが？」

「そんな。でも…自分でもわかりません。どうしてこんな声が出てしまったのか」

「いやらしい声だったぞ？」

セイファスは、ゆっくりと身をかがめてくる。

「なっ！　…そんなこと、言わないでください。あぁっ、あ、ぁ…そんな…お腹《なか》、舐め…ないで！　ぁぁ…う。ふ…」

へそのあたりから舌を這《は》わせ、胸の中央を通っていき、たどり着いた喉仏を甘噛みする。

「あぁっ」

噛んだあと、今度はあやすように舐めあげられると、エーリアルの声が詰まった。

「肌を舌で舐められると、どんな感じがする？」

もちろん、セイファスの指先は胸に咲いた花芽を執拗《しつよう》にいじったままで…。

「は…ぁ、あ…ぅん。ふ……へ…ん、あぁ…変な……、っぅ。感じ…が、しま…す…っ」

初めて体験するゾクゾクとした甘美な快感が、容赦なく背筋を這いあがってきて、鼻腔から吐息となって抜けていく。

「それだけか？」

「ぁぁ…ぅ、ふぅ…ぁん…いいえ。腰が熱くなって、声が勝手に出て…しまいま…っ…ぅ」

「素直ないい子だ。エーリアル」

今度はいきなり乳首にちゅっと強く吸いつかれ、細い腰が弾けるように敷布から浮いた。

「あぁぁ…ん！」

（どうしよう…僕の乳首…すごく熱い、熱くて……怖いのに。でも…気持ちいいなんて…絶対に変だよ）

「なんだ？　今の声は俺も驚いた。おまえが、これほど乳首で感じるなんて予想以上の収穫だな。これで一気に楽しみが増えた」

セイファスは続けざまに両方の乳首を吸っては舐め、さらには歯を立てて優しく噛んだ。

「ひ…ぅん！」

ビクビクと面白いほどに身体が揺れて、目尻に綺麗な水滴がたまっていく。

「心配するな。ひどいことは一切しない…気持ちいいことだけだ。わかるな？」

「はい、はい…」

彼は一旦《いったん》、寝台を下りると、シャツを脱ぎ捨てて、また乗りあげてくる。

（……すごい、セイファスさまの身体って、胸にも腕にもこんなに筋肉がついて…うらやましい）

逞しい雄の肉体を目の当たりにして、エーリアルは喉をゴクリと鳴らしてしまう。

それは少しの畏怖《いふ》と、期待の入り交じった感情が心を支配していたからだ。

男に抱かれることに違和感はあったが、自分が勃起《ぼっき》していることがわかるから、身体はこの状況を受け入れているのだと自分に言い聞かせた。

「さぁ、続きを始めようか」

腰にわだかまっていたシュミーズドレスの裾を摑むと、セイファスは腰あたりまで一気にたくしあげてしまった。

「いや、見ないでくださ…ぃ。いやぁぁ…っ」

剝き出しにされた下肢を凝視されると、死ぬほどの羞恥《しゅうち》に襲われる。

「そうはいかないさ。おまえは俺の生贄なんだからな」

「あぁ…お願い…」

まだ未熟で無垢《むく》な雄茎は、すでに少しだけ兆していた。

セイファスは手を伸ばすとやんわりそれを包んで上下させ、時折思い出したように先端を円を描くように嬲《なぶ》る。

（あぁ、そんなところ、触ったら僕はっ…ダメ。だめ……っ）

やがて鈴口の狭い穴からは、いやらしい蜜《みつ》が玉になってあふれてきた。

透明なそれは触ると粘ついていて、セイファスはその事実を本人にわからせようと、エーリアルの目の前に二本の指をかざして糸を引いてみせた。

「あぁっ」

「見ろ。おまえが感じている証拠だ。残念ながら、男の身体は隠し事ができないからな」

「そんな…嘘…です。ぁぁぁ…ぁ」

意地悪な言葉とは裏腹に、彼のすべての行為が優しさに満ちているのがわかって、それが意外でならない。

（セイファスさまは、どうしてこんなに優しいんだろう？　もしかして、これは生贄になる僕への最期の慈悲なんだろうか？）

エーリアルはそう考えることにした。

「さぁ、そろそろ見せてもらおうか」

やがて両方の膝裏に手がかけられ、左右にゆっくりと、でも容赦なく足が広げられていく。

「あっ！　だめ、そんな…あぁ、許して…」

さらにセイファスが両手で双丘を掴み、内側を暴くように押し開く。

すると、彼の眼前には、まだかたくなに口を閉ざした蕾《つぼみ》が姿を現した。

「心配するな。無茶なことはしない。大丈夫だから」

信じられない場所に濡れた指が触れてきた瞬間、エーリアルは悪寒ではない感覚で、ぞわっと鳥肌を立てて息を詰めてしまう。

「はぁ…っ。…っぅぅ!」

秘所に冷たいなにかが垂れ落ち、それを入り口付近でこねるようにされてから、指が中に潜《もぐ》り込んでくる。

「あ! そんな、いやぁ…ぁぁ…そんな、中に入ったら…だめっ…ぇ」

室内の空気を甘く侵食するように、どこからともなく花の香りが立ち込めてあたりに広がっていく。

かぐわしいその匂いは、エーリアルの緊張をほぐして気分をリラックスさせてくれた。

「これは、薔薇《ばら》の蜜を混ぜた最高級の香油だ。それに催淫効果のある薬草も混ぜてあるから、おまえが初めてでも痛みはほとんどない。だから、安心して楽しめるはずだ」

孔《あな》の縁を浅く出入りして様子をうかがっていた指が、今度はゆっくり中に潜り込んできて、驚いた後孔は指を排除しようと躍起になって蠢《うごめ》きだす。

(だめ、だめぇ…出てって。やだ、お願い…)

だが、それこそがセイファスの狙いで、蠕動《ぜんどう》を促す効果もある香油のお陰で、緊張している肉壁や襞《ひだ》がやわらかく蕩《とろ》けていく。

「ぁぁ…ん、は…ぅ…んんっ…ぁっ」

しばらくすると、三本もの指が軽快に出入りできるほど、初心な孔は受け入れる準備を整えた。

そして、最後まで腰にわだかまっていたドレスが足から丁寧に抜き去られて、寝台の脇に落とされる。

「さぁ、そろそろ挿《い》れるぞ。ゆっくり挿《はい》ってやるから腰から力を抜いておくんだ。ほら、そんなふうに足をつっぱるな」

未通であるエーリアルが男を受け入れやすいよう、セイファスは腰の下に羽根枕《はねまくら》を入れて高さを調整してくれた。

「セイファスさま…ぁぁ…怖い」

彼が自らの腰に巻いた帯をほどき、豪快にキュロットパンツを脱ぎ去ると、雄々しく勃起したペニスがエーリアルの瞳に飛び込んでくる。

(ぁぁ…嘘！　信じられない。セイファスさまの……すごく大きくて、怖い。どうしよう…僕…こんなの、無理だよ…)

「安心しろ。大丈夫だ。おまえの中はこんなに濡れてゆるんでいるから、もう痛くない」

大きく広げられた内腿《うちもも》をなだめるように優しく撫でられ、エーリアルは小さくうなずいてみせる。

「…はい。は…ぃ」

そしてついに、逞しい怒張がエーリアルの潤んだ蕾にあてがわれ、ゆっくりと沈み始めた。

「ぁ！　あ！　ぁぁっ。セイファスさま、セイファスさ…ま、ぅ、ぅ…」

「エーリアル…っ…」

やわらかくゆるんだ秘孔の縁が、埋まっていくペニスごと孔の中に巻き込まれていく。

エーリアルが唇を震わせて苦しげに眉間《みけん》を寄せると、セイファスはすぐに腰を少し引き戻してくれた。

そのとたん、逃すまいとペニスに絡みつくように肉襞が絞られ、自分が拒絶されていないことがわかった男は端整な顔に笑みを刷《は》く。

「大丈夫だ。痛くはないだろう？」

「はい…痛くは、ありません……」

「なら、このまま力を抜いていろよ」

セイファスが再び腰を突いてから焦《じ》らすように引くと、今度は絡みついた肉襞が外にまくれあがって、濡れた赤い粘膜を男の目にさらす。

「あぁぁ…ぁ、ん…っ。セイファス、さま…っ」

もう一度、今度は素早く腰を突き込むと、未熟な襞がまたペニスに絡みついて絞り込んだ。

「ふふ、初めてにしては上手いな、エーリアル」

(上手いってなにが？　僕は…もう、なにがなんだかわからない…でも、身体がすごく熱くなってゾクゾクして…どうしようもなく…感じてる)

もう大丈夫だと確信したセイファスはそのまま細腰をがっちり掴み直すと、華奢《きやしゃ》な身体ごと前後に大きく揺さぶる。

金色の髪が敷布の波を千々に乱れて、高く掲げられた白い足の指先が、快感を示すようにきゅっと丸くなった。

「ぁぁ！　ん…ぅ…ふ。ぁん…ぁぁぁ」

「痛いか？　痛いなら、すぐに抜いて…」

「い…いぃえ！　大丈夫…です。私は、初めてなのに…こんなに…」

エーリアルの頰《ほお》は薔薇色に染まって、瞳は与えられる快感に潤んでいる。

「どうした？　感じているのか？」

「……はい。……こんなに感じて、気持ちいいなんて…恥ずかしい…」

(初めてなのに、僕は…なんて、はしたない……)

「可愛いことを言う奴だ。ならば俺も容赦しないからな。もっと啼《な》かせてやる」

「は…い。セイファスさま……」

セイファスが濡れた下半身を腰からぐっと折りたたむと、エーリアルの顔の脇に散った金髪に、その両膝が埋まった。

まるで腰を相手に捧げるような破廉恥《はれんち》な体位を強いられ、綺麗な眉間に縦皺《たてじわ》が刻まれる。

「あぁ…こんな、格好…死ぬほど恥ずかしい」

「そうだな。でも、この体位なら、もっとおまえの奥まで突いてやれる」

「……ぅう…。ならば、して…ください……もっと…」

セイファスはその言葉通り、前後だけでなく左右にも腰を使い始めた。

「あ、ぁあ…ぁ。ふ、ぅ…ん」

繰り返し穿《うが》つペニスが快感の琴線に触れると、エーリアルはもう後孔の蠕動を自分で抑制することもできなくなる。

(あぁ…もう、恥ずかしくて泣きたいくらいなのに、気持ちよくて、自分でもどうしようもないよ…)

羞恥を上まわる快感に全身を染められ、目に見えるほどに唇がわなないて喉が震えた。

「よさそうだなエーリアル。でも…もっと、おまえを気持ちよくしてやる。これならどうだ?」

「はぁっ！　ぁあ！　ぁ…ん。っ…ぁあ…セイファス…さ、まぁ…ぃい。気持ち…ぃい…」

さらに全体重をかけるようにのしかかった男にもっと深い奥までを何度も穿たれ、蜜を垂らす雄茎までを男の硬い腹筋にこすり倒される。

（だめ、だめっ！　もう……こんなの、感じすぎて…死んじゃう…！　死じゃうからぁ…っっ）

「エーリアル…っ！」

肉体の深いところにたまった熱い塊。

それが一気に迫りあがってくるような錯覚を覚えたとき、まさに二人は同時に絶頂の瞬間を迎えた。

「あぁぁ…ぁぁぁ…っっ！」

自らも射精の快感に溺《おぼ》れながら、腰の奥に大量の白濁が何度も打ちつけられる感触に悦《よろこ》びがあふれていくようだった。

それは、今まで体験したこともないような満ち足りた心地で…。

汗に濡れた逞しい身体が重なってくると、エーリアルはさらに不思議な感情を抱いてしまう。

「エーリアル、これでおまえのすべては俺のものになった。おまえは、俺の花嫁」

意識が甘美な闇《やみ》に溶けていくその狭間《はざま》で、エーリアルの耳にそんな幻聴が聞こえる。

だが、それはすぐに、記憶の隅からこぼれて消えていった。

第二章

翌朝、王の寝台で目覚めたエーリアルだったが、そこにセイファスの姿はなかった。

昨日の夜に自分の身に起こったことは衝撃的だったが、決していやな思いや痛い経験をさせられたわけではなかった。

「いよいよ今日…」

寝台に降り注ぐ朝陽《あさひ》を裸身に受けながら、ついに生贄になるときが来たとエーリアルは腹をくくる。

「目が覚めたのか？　もう起きられそうなら、これに着替えるんだ」

いきなり扉を押し開いて寝室に現れたのは、昨夜の甘さを見事にそぎ落としたセイファスだった。

「はい、わかりました」

手渡された衣装はイングラッド王国のものとはまた趣の違う、それでも質がよく伝統的な品だとわかる。

見た目はしっかりした造りなのに、手触りはベルベットのようにやわらかい。

(でも、ちょっと意外だな。僕は今から生贄にされるのに、このドレスは華やかすぎる気がする。でも、死ぬ前にこんな綺麗な衣装を着られるのは嬉しい)

己の運命を受け入れているエーリアルは、いい冥土《めいど》の土産《みやげ》ができたと喜んだ。

「あの…」

「なんだ？　もしかして、異国の衣装だから着替えるのが難しいのか？　ならば、すぐに侍女を呼んでやるが？」

「いいえ、違います。着替えは一人でもできます」

西の城にはわずかな召使いしかいなかったため、アンもエーリアルも、身のまわりのことは極力自分でするようにしていた。

「なら、早く着替えろ」

「ですが、あの…セイファスさまが…ここにいらっしゃると、私は…」

(いくらこれから生贄にされるんだとしても、こんな朝陽に照らされた中で裸になるなんて、絶対に気が進まないよ)

そう思いいたったエーリアルだが、昨夜《ゆうべ》あんな恥ずかしいことをされたのに、セイファスに対してまだ恥じらいがあるのが不思議だった。

「今さらなんだ？　おまえの裸なら、もう隅々まで見たし触ったし舐めただろう？」

淡々と卑猥な言葉で真実を語られて、エーリアルは首まで真っ赤に染まる。

それを見たセイファスは、両手を挙げて降参した。

「あぁ、わかったわかった。仮にもイングラッド王国の王族に対して、礼儀知らずですまなかったな。ほら、もう見えてないぞ、これでいいか？」

「はい、ありがとうございます」

セイファスが背中を向けたことで、エーリアルはようやく息をついて着替え始めた。


そのあと、城の中を少し移動してから通されたのは、広々とした謁見《えっけん》のための部屋だった。

壁や天井には技巧的な彫刻が彫られ、円柱には美しいタイルで文様が描かれている。

室内にある椅子《いす》や卓、棚といった調度品も申し分ない見事な品々がそろえられていた。

(どうしてこんな立派な部屋に僕を通すんだろう？　生贄って、神に捧げるものじゃないのかな)

礼拝堂や祭壇など、宗教的な意味合いのある場所に連れていかれると予想していたエーリアルは、首を傾《かし》げる。

「あの…私はいつ、どこで生贄となって食われるのでしょう？」

素朴な疑問をすると、こちらを振り返ったセイファスは苦い笑みを返す。

「またその話か？　おまえは、よほど俺に食われたいみたいだな？」

今の発言は、自分にとってまったくもって誤解だった。

「いいえ、食われたいなんて、とんでもありません！　ですが、私は生贄になると覚悟してここに参りました。だから、どうぞご遠慮なさらずに」

それでも、エーリアルの手は震えている。

「いいかエーリアル。昨夜、おまえは間違いなく私に純潔を捧げた。それが五年前におまえと交わした契約の履行となった」

確かにセイファスは、昨夜もそんなことを言っていたが…。

（え？　それってどういう意味？　だったら、僕はこのあと、どうなるんだろう？）

「私はこの先も、あなたに食われなくていいのでしょうか？　だって、出会ったとき、あなたは痩せているからという理由で、私を五年後に迎えに来るとおっしゃいましたよね？　あれはどういう意味だったんですか？　ただの意地悪でしょうか？」

やけに『食われる』ことにこだわってしゃべり続けるエーリアルを、セイファスはしばらく面白そうに眺めていたが、矢継ぎ早の質問が途切れると豪快に笑い飛ばした。

「はははは！　あのときは、別に深い意味はなかったんだ。でも、おまえをそれほど怖がらせていたなら、本当にすまなかったな」

（そんな！　嘘だったなんて！　確かに覚悟はしていたけれど、本当は僕だってずっと怖かったのに！　ひどいよセイファスさまは！）

エーリアルの目つきが本気で険しくなってくると、セイファスは話題を変えるためなのか、新たな提案を持ちかける。

「さて、エーリアル。もし俺に食われずにすむなら、おまえはなんでもするのか？」

「はい。もちろんです。もし殺さずに、これからも生かしてくださるのなら、私は料理も裁縫も畑仕事も得意ですから、なんでもします。どうか、ここで召使いとして働かせてください」

正直な気持ちを白状するなら、エーリアルとしても、まだこの若さで死に急ぎたくはない。

「そうか。おまえの意思は受け取った。でも実は…すでにおまえの処遇は決まっている」

「は？　え？　あの…そうなんですか？」

（どういうこと？　もう本当に、わけがわからない！）

セイファスはエーリアルの真正面に立つとその両肩を掴み、顔を合わせるため、少しだけ膝を曲げる。

「エーリアル、俺はおまえを…妻としてこの城に迎えたい」

たった今、自分がなにを言われたのか本気でわからない。

「は？　あの…もう一度…おっしゃって…くださいませんか？」

（今、妻として…とかなんとかって幻聴を聞いた気がしたけど、僕の耳がおかしいんだよな？）

「まぁ、確かに突然、妻などと言われても不可解際まりないだろうな。ならば、ちゃんと説明しよう。待たせたなジャスティン、入れ」

セイファスは戸惑うエーリアルに配慮したように、誰かを部屋に呼んだ。

すぐに背の高い、身なりのいいハンサムな男性が客間に入ってきて、紳士的な作法で会釈をくれる。

「初めましてエーリアル姫。僕はセイファスの双子の弟で、ジャスティンという」

（ふ、双子？　…セイファスさまに、双子の弟がいたなんて！）

双子と言われて反射的に二人を見比べたが、正直、あまり似ているように見えない。

「エーリアル、では、どうしておまえを俺の妻に迎えたいのか、そのワケを今から話そうと思う」

「…はい」

雰囲気が変わったセイファスに対し、エーリアルも襟を正した。

「実は…俺の弟、ジャスティンが先日、人間の娘との間にややこを作ってしまった。だがその娘はかわいそうなことに難産の末、ややこを産んで命を落とした」

「あぁ、なんてかわいそうに…」

長いまつげを伏せたエーリアルは、重苦しいため息を落とした。

「そこでだ。よく聞いてくれエーリアル、我々竜族には代々、産まれた子を一族で育てる伝統がある。だからおまえには私の妻として、その竜族のややこを育てて欲しい」

「あの…それは、乳母として…ということでよろしいのですね？」

「いいや違う。おまえ、今の俺の説明が聞こえていなかったのか？　それとも阿呆《あほう》か？」

少しいらだったように、セイファスは片眉《かたまゆ》を器用に跳ねあげさせる。

どうやら彼の心情は、その眉の動きでわかることを、エーリアルはひっそりと気づいてしまった。

「ええ、それは確かに妻、妻と…聞こえましたが…でも」

「おまえには、俺の妻であり、ややこの母という立場で育児をして欲しいと頼んでいる」

エーリアルにとっては、すべてが謎《なぞ》だらけだった。

（ちょっと待って。わからないことだらけだよ！　まずセイファスさま自身は独身ってことだよな？　でも、彼だって国王なんだし、この先ちゃんと女性の妻を娶《めと》るかもしれないのに、なぜ男の僕と結婚する必要があるんだろう？）

昨夜、彼自身が、自分は女性を抱けないと言ったことをエーリアルは覚えている。

「理由なら簡単だ。昨晩も話したが、俺は嗜好《しこう》的に女を抱けない。それはおそらく今後も変わらないだろう。だからおまえをドラゴリアン王国、セイファス王の花嫁として国民に公表し、ややこを我々二人の子供として育てたいと思っている。これまで女として育ってきたおまえなら、妻の役を演じるなど造作ないだろう？」

確かにその点については問題ないが。

「……あの、ではセイファスさま。改めておうかがいします……」

戯《ざ》れ言《ごと》ではないことを再度確認したが、セイファスの花嫁になるということは、まさに言葉通り、彼と婚姻を結ぶという意味のようだった。

「ならば、ジャスティンさまは？　本当の父君でいらっしゃるのに、それでかまわないのでしょうか？」

心からの危惧《きぐ》を伝えるが、セイファスの実弟は驚くほどさっぱりした顔で答える。

「心配してくれてありがとうエーリアル。だから正直に言うよ。僕は兄上と違って、王の器ではないんだ。だから亡くなった父上も、兄上に王位を継承させたんだよ。でも困ったことに兄上は女性が抱けない…となれば、当然この先も世継ぎは望めないことになる」

エーリアルは頭を整理しながら、語られる言葉を吟味して聞いている。

「…確かに、おっしゃる通りです」

「まぁ、偶然こんな事態になってしまったが、あなたが兄上の妻となってくれたら万事が上手くいくんだ。それと、君は気遣ってくれたが、僕は生まれた子の叔父《おじ》という立場で充分満足なんだよ」

「……はい、事情はよくわかりました。ですが…」

それでも、エーリアルはまだ迷っている。

「確かにおまえが困惑するのもよくわかる。いきなり異国に連れてこられ、やれ妻になれだの、母になれだのとたたみかけられても困るだろう。だから、最初にはっきりさせておくことにする」

「……はい。なにを、でしょう？」

「おまえは花嫁となって俺のものになるが、本当に俺を愛する必要はない。育児も乳母に任せて城では贅沢《ぜいたく》をして好きに過ごしてかまわないんだ。要するに、お飾りの王妃役を演じてくれれば、俺はそれで結構だ」

セイファスの今の言い分を聞いて、エーリアルはなんだか哀しくなった自分に少し驚く。

「……ですが、セイファスさま…」

（本当に僕に国王さまの妻…王妃なんていう大役が務まるだろうか？　ぜんぜん自信がないよ。それに、乳母任せでいいとはいえ、ややこを世話するなんて僕にできるのかな？）

不安のせいで決断できないでいるエーリアルに、セイファスは新たな切り口で攻めてくる。

「だが、たとえ俺たちの間に愛はなくても、今後もおまえの身体は満たしてやるつもりだ。昨夜は満足できただろう？　城中には甘い声が響き渡っていたそうだからな」

「う、嘘ですっ」

（いったい誰がそんなことを言ってたんだよ！　恥ずかしくて死にそうだ）

想定外の方向からの切り返しにエーリアルは一気に頬《ほお》を染めたが、それでもまだ自信がない。

　すると、セイファスはあの手この手の交渉術で進攻してくる。

「いいか、よく聞くんだ。もしこの話を断ったら、利用価値のないおまえの命は今日までだが、それでいいのか？」

（ちょっ…今度は脅し？　あぁもう。僕はどうすれば…！）

「エーリアル。僕が愛した女性は亡くなってしまったが、きっと彼女も自分のややこ、ドラコーを、あなたのような優しく美しい人に育てられることを望んでいると思う。いずれは王位を継承するドラコー王子の母となることを、僕からも重ねてお願いする」

　我が子の誕生と引き替えに命を落とした本当の母親のことを考えると、とても不憫《ふびん》で気の毒だった。

　だから、ついにエーリアルは腹をくくる。

「……わかりました。ならば、ドラコー王子のお母様のため、そして、私の母の命の恩人であるセイファスさまへのご恩を返すためにも、私でお役に立てるなら、あなたの妻の役を演じます。そして、赤子の母となりましょう」

　セイファスは満足げに大きくうなずき、一つ安堵の息をついた。

「よく言ったエーリアル！　ではジャスティン、まずは国民に俺たちの婚約を公表してくれ。エーリアルは西方の領主の娘だとでも言っておくといい。そして執事のセバスチャンに、急ぎ式の準備をさせるよう伝えろ」

「わかった。それでは、首尾も整ったことだから、今からベケットを連れてくる」

「あぁ、そうしてくれ」

エーリアルはこれまでの五年間、自分は生贄として命を捧げる運命だと覚悟して暮らしてきた。

だからこの先の未来が繋《つな》がったこの瞬間、思わず気が抜けてその場に座り込んでしまう。

(僕はまだ生きられるんだ。嘘みたいだ…あぁ、お母様…)

「どうしたエーリアル？　大丈夫か？」

「はい…すみません」

「あぁ、ついでだからもう一つ言っておく。おまえは竜族のことを誤解しているみたいだが、俺たちは人など食わない。それに、一ヶ月くらいなら食事をしなくても死ぬことはない」

(え？　嘘だろう？　それって、僕が子供の頃に読んだ絵本の中の妖精みたいだな。でもそれが本当だとしたら、食べる楽しみのない人生なんてつまらないだろうな)

エーリアルは不思議な生態を持つ竜の王に、同情の目を向けた。

「ところでエーリアル、おまえに訊きたいことがあるんだが」

「はい、なんでしょう？」

「俺はおまえに王妃と母の役目を与えたが、もしも望むなら、居室では男装でもいいんだぞ？　イングラッド王国では世継ぎの問題があって女として育てられたが、エーリアル自身はどちらとして生きたいんだ？　女としてか、それとも本当は男として生きたいのか？」

少なからずエーリアルは驚いてしまう。

（セイファスさまは、本気で僕にそれを選ばせてくれるって言うんだろうか？　僕はこの五年間、彼のことを非道な竜だと誤解していたのかもしれない。本当の彼は、実は他人に配慮できる優しい人みたいだ）

「どうした？　聞こえているのか？　どっちにするのか、遠慮せず好きに選べばいい」

だが、エーリアルの心は、とっくに決まっている。

「セイファスさま。私は二十年間、女として生きてきました。だから、このままで結構です。今の自分が私の望む自分です」

「そうか」

「はい。それにドラコー王子が成長する中で混乱してもいけませんし、なにより、私自身が今さら女性的な身のこなしを直せそうにありません」

探るような目で瞳をのぞかれて、エーリアルも真っ直ぐに相手を見つめ返した。

「俺やジャスティンにとってはその方が好都合だが、本当に無理をしてないいんだな？」

（それにしても、もし僕が『男として生きたい』と言ったなら、セイファスさまは国民にどう説明するんだろうか？）

そんなことを邪推してしまったが、エーリアルは重ねて答えた。

「無理なんてしていません。ぜんぜんまったく」

「本当だな？」

「はい」

「よし、相わかった。ならば、おまえはおまえの望むままで、俺のそばにいてくれればいい」

セイファスの手が頬に触れてきて、エーリアルは思わずその手に頬ずりをしてしまう。

無意識の行動だったが、それに自分自身で驚いてしまった。

「エーリアル……」

(どうしよう。僕は…セイファスさまの花嫁になることを心のどこかで喜んでいるみたいだ。だって、セイファスさまはとても優しくて凛々しくて、そしてハンサムで…)

ゆっくりと端整な顔が近づいてくると、エーリアルはあわてて目を閉じる。

(昨夜、言われたんだ。キスのときは、目を閉じるものだって)

もう少しで唇が重なる…と思ったそのとき。

「兄上、失礼する」

絶妙なタイミングで扉がノックされ、ジャスティンが戻ってきた。

セイファスは残念そうなため息をもらして離れていくと、何事もなかったように弟を振り返った。

「エーリアル、ややこを連れてきたぞ。ベケット、さぁ入ってくれ」

ジャスティンの背後から、小さな赤子を抱いた乳母が現れる。

人間の子だとしたら生後三ヶ月といった時期で、頰はぷっくりと赤く、大きな二重の瞳は本当にクリクリとよく動いて愛くるしい。

（うわぁ、こんな幼いややこなんて初めて見たけど…なんて可愛いんだろう！）

「さぁ、どうぞ。ドラコー王子でいらっしゃいます」

「あ、はい。でもあの…私が抱いていいんですか？」

「えぇ、お願いします」

エーリアルがおそるおそる抱くと、不思議なことに、赤子は嬉しそうに笑ってくれた。

「あぁ、本当に可愛らしい。肌は綿飴《わたあめ》のようにフワフワで、髪は…クルクルなんですね」

「きっとクセっ毛なんですよ。あの、申し遅れましたが、私はドラコー王子の乳母で、ベケットと申します」

「初めまして。私はエーリアルです。あの、ベケットは…」

このドラゴリアン王国では、誰が竜族で誰が人間なのか、見た目では区別ができないようだ。

「私は人間ですよ。今この城の中には執事や料理人、庭師、清掃係などの召使いが三十人ほど、そして城の警備をしている兵士が二十人ほどおりますが、みんな人間です」

「そうなんですね」

「はい、セイファス王もジャスティンさまもお優しい方なので、我々は毎日楽しくお仕えしております。そして王妃さま、これからどうぞよろしくお願いします」

（え？　王妃さまって、僕のこと？）

その呼び方に大いに違和感を感じたエーリアルはセイファスをチラリと見てしまったが、黙ってうなずかれて承服することにした。

「こ…こちらこそ、よろしく。あの…ベケットは、私のことを…」

会話の最中も、エーリアルの腕の中ではドラコー王子がパタパタと手足を動かしている。どうやらじっとしているのが嫌いな、わんぱく体質のようだ。

「はい。性別のことなら存じておりますが、決して口外いたしませんのでご安心ください。このことを知っている使用人は私と執事のセバスチャン。それから衣装係のマーサの三人です。マーサは侍女の経験もある信用のおけるベテランなので、王妃さまの侍女を兼任します」

どうやらこの国においての自分の処遇は、連れてこられる前に、すでに決まっていたことなのだとエーリアルはようやく悟った。

すべては事後報告のようだ。

「いいえベケット、侍女は必要ありません。前のところでも、身のまわりのことはすべて自分でしていたので」

「あ〜むぅ〜！　あ〜ん」

ドラコー王子がエーリアルの服の飾りボタンを小さな指で摘まんで口に運ぼうとするので、あわててやめさせる。

「ですが王妃さま、あなた様は身分の高い方だとうかがっておりますし、王妃様ですから…」

「そんなものは名ばかりなので、どうぞ気にしないで」

「わかりました。では最低限のお手伝いで結構だと、私からマーサに伝えておきます」

「あの、手伝いを断ったこと、どうか気を悪くなさらないで…」

「はい。もちろんです」

「ふ〜ぅ、あ〜！」

わんぱく王子が今度はエーリアルの金髪を引っ張って遊びだす。

「ふふふ、本当に可愛い。でもジャスティンさま。私は正直なところ、竜族のややこは竜の姿で生まれてくるんだと思い込んでいました」

その素朴で恐れを知らぬ疑問に苦笑してから、ジャスティンが答えた。

「違うよ。僕たちの種族は生まれて何ヶ月か経過してから、竜の姿に変化できるようになるんだ」

「そうなんですか？　わかりました。覚えておきます」

竜族にとって竜の姿への変化は、人間の赤子で例えるなら、子が初めて立って歩くようになるのと似たことなのだろうとエーリアルは考えることにした。

その後、乳母はドラコー王子を連れて退室し、エーリアルは気になったことを訊く。

「あの…セイファスさま、一つ訊いていいでしょうか？　あなたは私を生贄として食らうつもりでなかったなら、どうして十五の夜に出会ったとき、私の母を救ってくださったんですか？」

（そんなことをしても、セイファスさまにとっては、なんの得にもならなかったはず…）

「……おまえは、その理由が欲しいのか？」

「はい」

セイファスは困ったように口を結んだが、やがて聞き取れないほど小さくため息をつく。

「別に、あれはただの気まぐれだった。それともエーリアル、おまえがあまりに美しかったから…とでも誉めて欲しいか？」

どうやらセイファスは、本当のことを話す気がないらしい。

「ではもう一つだけ。セイファス様は私を妻にして、ややこの母になれとおっしゃいました。では、もしもややこのことがなければ、契約から五年後の昨夜、私を生贄としてさらいに来るつもりはなかったのでしょうか?」

それには即答が返ってきた。

「それは絶対にない。おまえとの約束は、竜族と人間との血の契約だったからな。よって履行は絶対だった。俺は最初から、五年後におまえを迎えに来るつもりでいた」

セイファスの返答を聞いて、エーリアルはひどく安堵してしまう。

(あぁよかった! 彼が迎えに来てくれたのは、僕に母親代わりをさせるためだけじゃなかったんだ)

そして、そんなことで安堵する自分をエーリアルは不思議に思った。

(なんだか変だな。どうして僕は、ホッとしてるんだろう……? もしかして、昨夜のセイファスさまがすごく優しく僕を抱いたせい…?)

昨日の夜の、まるで心から愛されているようなキスと愛撫《あいぶ》は、エーリアルを勘違いさせるに値するような熱心な行為だった。

「話はもういいなエーリアル。俺はもう仕事に行くぞ」

セイファスが素っ気ない態度で出ていくと、ジャスティンが小声で教えてくれた。

「あなたと契約を交わした日の夜、城に帰還した兄は、とても美しい人に出会ったと興奮気味に僕に教えてくれた。五年後、必ず迎えに行くことになるってね。ややこのことは本当に偶然だったけど、兄上はあなたのことを迎えに行くつもりだったと思う」

ジャスティンの明かしてくれた事実と推測を聞いて、とたんに胸の中があたたかくなった。

(僕はなんて、げんきんなんだろう…でも、嬉しいな)

「だがエーリアル、知っておいて欲しい。兄上は幼い頃から優秀で、父からずっと帝王学を叩《たた》き込まれて育ったから、おそらく恋愛や家庭的なことには疎いと思う。まぁ、色事に関してはこれまで時々、僕が誘って街の酒場に出てこっそり遊ぶこともあったけれど、深入りすることはなかった。兄上は強くて賢い人だけど、本当に実直で優しい。だからどうか優しくしてあげて欲しい。契約上の妻だとしても、兄上もきっとあなたを大切にしてくれる」

契約上の妻という言葉を聞いて、エーリアルは少しだけ表情を曇らせる。

「はい。でもセイファスさまは私に、妻の役を演じるだけで、愛さなくてもいいとおっしゃっていましたが…」

「ふふ、どうかな？　それが兄上の本心かはわからない…とだけ言っておくよ。実際、恋だの愛だのって、本人も気づかないものだからね。どちらにしても、あなたは竜族の王、セイファスの花嫁になるんだ。いいね」

「……承知しました」

今日、終わりを迎えると思っていた己の人生が、再び動き始めたことに、エーリアルは深い喜びを覚えていた。

翌日、セイファスは衛兵たちを伴い、エーリアルに城の周囲から城下町まで、馬で案内することにした。

「セイファスさま、なぜです？　乗馬は母国での王族の嗜《たしな》みだったので、私も一人で問題なく乗りこなせます」

「いいや、もし王妃に怪我《けが》でもされたら大変だからな、俺の馬に一緒に乗れ。さぁ」

あまり過剰に保護されることに対し、男としての本心が反発を覚えたが、エーリアルは仕方なく従うことにした。

（それにしても…あぁ困った。どうしよう。こんな…セイファスさまの胸にもたれるような格好は恐ろしく緊張する。だって、背中にずっと硬い筋肉の存在を感じるんだから…）

ドラゴリアン王国の竜族の居城は、丘陵の斜面を上手く利用して建てられている。

城の周囲は長い城壁に囲まれていて、敵の侵入を完全に防ぐ構造になっていた。

二人が馬で丘の上まで登ると、高台からは城の全貌と城下町が一望できる。

「見てみろ。あそこに見える墓地には、我が一族が眠っている。以前、城には三十人ほどの竜族が共に暮らしていたが、彼らが亡くなった今、もう同族は俺とジャスティンだけになってしまった」

昨日から城内に他の竜族の姿が見当たらなかったのはエーリアルも気になっていたことだ。

「……この国で、いったいなにがあったんです？」

セイファスは神妙な表情を浮かべると、この国に起こった過去の悲劇を淡々と語り始める。

「我がドラゴリアン王国は代々、竜族がこの領地に住む人間を治めてきた。永年にわたり平和だった我が国だが、二十五年前、イザヴェラという恐ろしい魔女が現れて…」

魔女イザヴェラは黒魔術を操り、竜族とそれに従う人間の兵士や民を惨殺した。

自国の民を護ろうとして多くの竜族が戦で命を落とし、セイファスの母もその一人だった。

先の戦によって、二十七人の竜族と、千人ほどの兵士や国民が命を落としたそうだ。

「だが先王であった我が父ヒースは、イザヴェラとの直接対決で魔女に重傷を負わせ、おまえたちが住んでいた世界との国境にあるゾゾ山まで追い詰めた」

今、これほど平穏に見えるこの国に、そんな恐ろしい過去があったとは知らなかった。

「それで、魔女は死んだのですか？」

「瀕死《ひんし》の状態で洞窟に逃げ込んだが、父も深手を負っていて、それ以上は追うことができなかったそうだ。でもあの傷では、おそらく生きてイングラッド王国までたどり着くことはできなかったはずだと父は話していた」

重傷を負ったヒース王は、戦の直後は竜に変化して飛ぶこともできず、イザヴェラの遺体を確認することができなかったそうだ。

「ではその戦で残った竜族は、ヒース王とセイファスさま、それにジャスティンさまだけだったんですね？」

「そうだ。俺とジャスティンはまだ生誕してわずかで、母亡きあとは城で雇われていた人間の乳母に育てられた」

「そうでしたか…なんてお気の毒な…」

（まだ幼い我が子を残し、命を落としたお二人の母君の無念を思うと、本当に哀しい…）

「セイファスさま、その後、お父上は…どうなさったんでしょう？」

「竜族の寿命はおよそ百年。人と比べて少し長いほどだが、父は戦の古傷が悪化して十年前に亡くなった。だから俺は、弱冠十五歳のときにドラゴリアン国王を継承した」

国を統治する術は生前に父から叩き込まれてきたセイファスだから、今は父の教えに忠実に、理想の国作りに邁進《まいしん》しているのだろう。

（平穏そのものに見えるこの国に、そんな凄惨《せいさん》な過去があったなんて知らなかった）

衝撃的な事実だったが、その後の若きセイファス王の苦労が、並大抵のものでなかったことは容易に想像できる。

すべてを知ったエーリアルは、セイファスを見る目がまた少し変わった。

「エーリアル、今はただ美しいこの景色だが、弔いの気持ちをその胸に留《とど》めておいて欲しい。なぜなら、おまえはこのドラゴリアン王国を治める国王の花嫁になるのだから」

とても重大な役を任されるのだと考えるとまた怖くなったが、エーリアルは心を決めた。

「はい…承知しました」

エーリアルは自分の腰を抱くようにして手綱を握っている大きな手に、励ますようにそっと自分の手を重ねる。

(哀しい思いをされたセイファスさまとジャスティンさま、僕は懸命にお仕えすることを誓います)

触れ合っている肌越しに、互いの鼓動が共鳴しているような気がして、二人は固く手を握り合った。

セイファスたちの一行は丘陵の高台をあとにすると、今度は斜面に沿った葡萄畑《ぶどうばたけ》をくだって城下町に入る。

街は石畳の路地が真っ直ぐに伸びた区画整理が整った造りで、パン屋や肉屋、それに花屋といった、さまざまな店が建ち並んでいて人々にも活気がある。

(あ、いい香りがする！　近くにワイン工場があるのかな？　とても芳醇《ほうじゅん》な香りだ)

商店が並んだ通りに入ると、セイファスの姿を見つけた民衆が親しげに駆け寄ってきた。

「国王さま！」

「あぁ、セイファスさまだわ！　今日はどうなさいました？」

「どうぞセイファスさま、うちの焼きたてのパンをお持ちくださいませ」

国王の姿を見かけた村人たちが集まってきて、親しげに声をかけてくる。

（セイファスさまは、この国の民たちに厚い信頼を得ているみたいだな）

大きな井戸のある広場まで来たセイファスはそこで馬を下り、エーリアルに手をさしのべる。

「さぁ、下りろエーリアル」

「はい」

そして集まってきた民衆に花嫁を見せつけるように正面を向かせると、華奢な肩を我が物顔で抱いた。

「皆に紹介しよう。これは西の果ての領主の娘で、まもなく俺の花嫁となるエーリアルだ」

（え！　そんな、いきなり…花嫁になる者だなんて。どうしよう）

突然のことに戸惑っていると、集まった多くの民衆から一斉に祝福の拍手や喝采《かっさい》が湧き起こる。

その後は皆が我先にとエーリアルに握手や抱擁を求めてきて、温かい祝福をくれた。

「おめでとうございます、国王さま、王妃さま！」

「王妃さま！　どうぞ、この子をその手で抱いてやってくださいませ」

新しく王族に迎えられる美しい花嫁を取り囲んだ人々は、突然の国王結婚の吉報に大いに歓喜してくれた。

日暮れになって城に戻ってくると、セイファスは最後にエーリアルを地下室に案内した。

「ここは魔女イザヴェラが死んだあと、屋敷から持ち帰った遺品が保管してある部屋だ」

イザヴェラが洞窟へと逃げ込んだあと、彼女が暮らしていた屋敷から水晶玉や魔術の書物などが見つかって、ヒース王は屋敷にあった他のものと一緒に戦利品として持ち帰り、この地下室に収蔵した。

「これが…魔女の水晶玉。それから、魔術の本？　あぁ、なんだか怖いです…とても…」

水晶玉はどこまでも透明で不思議な光沢を放っていて、魔術の書物は重厚な箱に収められていて、書物自体はまったく見えない。

「その書物には魔術がかけられているようで、誰にも開くことができない。過去に何度か力ずくで表紙を開けようとした者もいたが無駄だった。どうだ？　箱を開けて中の魔術の書物を実際に見てみるか？」

勧められたが、エーリアルは激しく拒絶した。

「いいえ。そんな恐ろしい書物なんて、一生開く必要はありません。でも、この水晶玉はまるで宝石のように綺麗です」

セイファスは、自らそれに触れて説明する。

「この水晶玉は、魔女がどこにいても呪文《じゅもん》を唱えることで魔術をかけられるものらしい。さらには過去の出来事を映し出したり、ここではない別の場所を見せたりすることができる。だが魔女でない者が触れても、これはただの石でしかない。だから俺が触れても、この通り変化はないんだ」

魔女の水晶玉は美しいが、背筋が寒くなるような気配をまとっていて思わずあとずさる。

(なんだろう? この水晶は…なぜかゾッとする)

「そう怖がるな。心配しなくても、もうなにも起こらない。魔女は死んだんだからな」

「ええ、確かにそうですね。でも…早くここを出ましょう。なんだか悪寒がします」

そう言ったエーリアルは、急いで地下室を出て階段をあがっていき、セイファスもそれに続いた。

「さて、エーリアル。今日は一日、城や街を見てまわって疲れただろう? これからゆっくり休むといい」

彼から、今日一日のねぎらいをもらう。

「ありがとうございます。でもあの…セイファスさまは?」

「俺は今から少し仕事を片づけてくる」

正直、昨日から今日にかけていろんなことがありすぎて、エーリアルは疲れていた。

(セイファスさまはまだ仕事をするのかな? でも、そろそろ僕はお腹が空《す》いたんだけど)

だから、今にも書斎へ向かおうとするセイファスを呼び止める。

「あの、セイファスさま…今日は朝食のあと、一度も食事をしていませんよね？　そろそろ夕餉《ゆうげ》の時間だし。私はとてもお腹が空きました」

「あぁ、そうか。人というのは面倒なものだな。では執事のセバスチャンに申しつけるといい。城には腕のいい料理人がいるから、なにか作ってもらえ」

「ありがとうございます。でも、セイファスさまは、お食事は？」

「必要ない。俺は食べなくても死ぬことはないと言っただろう？」

（まぁ、確かにそう聞いたけど、それって本当に？）

エーリアルは背中を向けて書斎に向かおうとするセイファスの腕を、あわてて掴んだ。

「いいえ、やっぱりダメです。食べなくても大丈夫かもしれませんが、きっと身体に悪いでしょう？　それに、食事をすることは生きる上で楽しい時間じゃないですか！」

「うぅ…ん、そういうものなのか？」

（驚いたな。もしかすると…生まれてすぐに母君を亡くされたセイファスさまは、そういう家庭的な幸せをあまり知らないのかな？）

毎日、朝昼晩と三度、家族と一緒に食事をする楽しさを知らない人生なんて、絶対にかわいそうだとエーリアルは思う。

「よろしければ私は料理が得意なので、今からなにか作ってさしあげます」

だからそれは提案ではなく、ほぼ断定的な物言いになってしまった。

「いや、おまえが働く必要はないんだ。城には料理人がいると言っただろう？」

「いいえ、そのくらい手伝わせてください。この城でこれからも生かしてもらうんですから、少しでもお役に立ちたいんです。それに私は料理が好きだから、手間だなんて微塵《みじん》も思いません」

一歩も下がらない強気なエーリアルの態度に、セイファスは少々驚いているようだ。

「そういう態度は、なかなか新鮮で刺激的だエーリアル。わかった。ならば好きに厨房《ちゆうぼう》を使うといい」

「はい、ありがとうございます！　では一時間待ってください。一緒に食事をしましょう」

満面の笑みを向けるが…。

「だから、俺はいらないと」

（セイファスさまって、意外と強情なんだな。でも、ここは僕も譲れないよ）

「もしかして、私の作る料理がマズイとお思いなんですね？」

あくまで食べないと主張するセイファスを、なんとかテーブルに着かせようと、エーリアルもあの手この手を繰り出す。

「いや、決してそんなことは思ってない」

「ならば、一緒にお食事をしてくださいませ。用意ができるまでは、好きにお仕事をなさって結構ですから。お願いします」

「…そうだな。わかった」

強気な誘いを断り切れず、セイファスが渋々承知すると、エーリアルはドレスの両端を摘まんで淑女のように華麗に会釈をする。

「では、今から私が腕によりをかけて夕餉をお作りいたします。あ、でもその前に、一つだけ気になっていることがあるのですが…訊いてもよろしいでしょうか?」

「おまえは、やけに質問の多い奴だな。まぁいい、なんだ?」

(あぁ、それって城でもお父様やお母様によく言われたなぁ、だって、わからないことを放っておけないタチなんだからしょうがないよ)

「あの、竜族のややこというのは、母親のお腹から生まれてくるのでしょうか? それとも、卵から生まれるのでしょうか?」

もちろんエーリアルとて、失礼な質問だと重々わかっていたから控えめに尋ねたのだが…。

「無礼な奴だな。竜族を蛇《へび》や蛙《かえる》と一緒にするな。我々は人と同じように母の腹から産まれてくる」

憮然《ぶぜん》と答えるセイファスの態度があまりにおかしくて、エーリアルはつい笑ってしまう。

(セイファスさまを怒らせてしまったかも。でも、よかった。安心した)

「本当に失礼しました。でも、大変安堵しました」

「……ふぅ、それはよかったな。まぁ、竜族の出産が人間のそれと違う点は、妊娠してから約三ヶ月という早さで産まれてくることくらいだな」

「え！　そんなに早いなんて驚きです。でも、覚えておきます」


そのあと、エーリアルは執事に厨房へと案内してもらい、目を見張った。

鮮度のいい葉物野菜や大きく育った根菜。

さらに、朝仕入れたという魚や肉も、とても新鮮で品質のよいものだとわかったからだ。

料理が好きなエーリアルは俄然やる気になって、厨房にある食材を使わせてもらって調理をした。

約束通り、一時間きっちりで居室に戻ってきたセイファスは、食卓に並んだ目新しい料理に驚きつつ席に着く。

「お仕事、お疲れさまです。厨房の食材で作ってみました。どうぞ、召しあがってください」

（僕が作った料理、気に入ってもらえると嬉しいんだけど…大丈夫かな？）

白ワインで舌を湿らせたあと、セイファスはさっそくスプーンを手にする。

「ではいただくよ。これは、めずらしいな。綺麗な若葉色のスープだ」

「はい。それは空豆のヴルーテという濃厚なスープです。他にカリフラワーやグリンピース、ミルクも使っています」

クリームが濃く、舌にしっかりと絡むように旨味《うまみ》が広がる。

「これは？　なんの魚だ？」

「はい、カジキをオリーブオイルとハーブでマリネして、バターで焼きました。そちらの岩塩を砕いたものをお好みでどうぞ。つけ合わせは、じゃがいものアンブーレです」

魚はほどよく火が通っていて、噛むとやわらかく身がほぐれていく。

じゃがいもは蒸したあとにほぐしてあるのでホクホクとやわらかく、刻んで入れたエリンギが歯ごたえのある食感を演出していた。

「いかがでしょう？　お口に合うといいんですが」

ただ黙々と料理を口に運ぶセイファスに、エーリアルは少し不安げに尋ねる。

「私は母に教わった郷土料理しか知らないので、この国では好まれない味でしょうか？」

「すまない。あまりに美味《おい》しくて感想を伝えるのを忘れていた。確かに我が国では見たことのない料理だが、とても美味しい」

(あぁよかった。僕は料理が好きだけど、誰かのために作るのは初めてかもしれない。こんなふうに誉めてもらうのって、すごく嬉しいな)

今日一日、セイファスと過ごして、わかったことがある。

彼は少し近寄りがたい硬質な雰囲気をまとっているが、実は実直で隠し事のできない人柄だということだった。

食材の調達地に興味のあるエーリアルは、港は国のどの領地にあるのかなど、セイファスにいろいろと尋ねてみる。

そしてセイファスは、大型農園で採《と》れる立派な作物や家畜、育てている生産者のことを、熱心に話して聞かせた。

興味のあることが共通しているようで、エーリアルは空間の心地よさを覚えていた。

「エーリアル、こんなふうに会話を楽しんで食事をしていると、以前、父が生きていた頃を思い出す」

「そうですか。それならよかった。でも婚姻式のあとはドラコー王子も一緒なので、もっと賑《にぎ》やかになりますよ。きっと」

「あぁ、そうだな。楽しみだ」

おしゃべりを挟みながらの食事は充実した時間で、本当にあっという間に感じた。

一緒に食事をすることが楽しいと言ってくれたセイファスだが、エーリアルとて、母が生きていた頃はよく二人で料理をして食事をしていたものだ。

(でも…お母様が亡くなってから、僕はいつも一人で食べていて…正直寂しかった。だから、誰かのために料理をして喜んでもらえるのは、本当に張り合いがあって嬉しいな)

「あの、セイファスさま。よろしければ明日から、昼食だけは私に作らせていただけませんか？　腕によりをかけて美味しいものを作りますから」

遠慮気味な提案に、セイファスは願ったりといった様子で答えた。

「もちろんかまわない。でも、おまえには昼間のドラコーの世話もあるんだから、あまり無理をしない程度でいい。それに、あまり使用人の仕事を奪わないようにしてやってくれ」

「はい。ありがとうございます。承知しました」

不思議な縁で結ばれた自分たちの関係だったが、お互いの境遇にはどこか似たところがあって共感できた。

そのせいなのか、もっと相手のことを知りたいと思うほど、エーリアルは知らぬ間にセイファスに惹《ひ》かれていた。

第三章

エーリアルが、ドラゴリアン王国に迎えられてから二十日あまり。

爽《さわ》やかに澄み渡った青空に、兵隊の吹くファンファーレが鳴り響いた。

今日は国王セイファスの婚姻を祝う祝日で、城内はもちろんのこと、城下町でも国民たちは祝賀ムード一色に染まっている。

祝賀はすでに昨日の前夜祭から始まっていて、その後は五日間も続くらしく、まさに国を挙げてのお祭り騒ぎとなるだろう。

そして…。

礼拝堂の前室には、王家の婚姻式のための正装をしたセイファスと、純白のウエディングドレスに身を包んだ美しい花嫁の姿があった。

セイファスは白シャツの上に細身のヴェストを着て、ジュストコールと呼ばれるウエストの締まった膝丈の上着を羽織っている。

絹地に凝った刺繍が施されたその上着は洒落《しやれ》たシルエットで、前合わせで縦に緊密に並んだボタンが特徴的だった。それは王家の正装だったが、さらにセイファスは家紋の刺繡が入ったマントを羽織っている。

一方エーリアルは胸の周りに大きな飾り襟がついた上衣を着て、二枚のスカートを重ね着している。

外側の薄地のスカートは前面が縦に割れていて、左右にたくしあげてリボンで留め、中の錦織のスカートを見せるような工夫がなされていた。スカートのうしろ布は長く作られていて、髪飾りについた紗《しゃ》のベールとともに、歩けば引き裾になる。

(正装姿のセイファスさまは、なんて素敵なんだろう…でもドレス姿の僕はおかしくないかな？　大丈夫かな？)

自分が偽りの花嫁なのだとわかってはいても、心がはやるのを止められなかった。

「エーリアル」

「…はい」

まもなく婚姻式が始まるというときになって、セイファスは突然エーリアルの前に膝をつき、その手を取った。

(え？　なんだろう？　これって、まるで……)

「エーリアル。おまえに、改めて伝えておく」

あまりに紳士的な態度のセイファスに、戸惑ってしまう。

「はい…なんでしょう？」

（僕が子供の頃、城にあった絵本で読んだことがある。これって、王子様がお城の姫君に求婚するときみたいだ…どうしよう…どうしよう。すごく…ドキドキしてきた）

「俺は、おまえを母国からさらってきたばかりか、その意思を無視して妻に迎えようとしている。見知らぬ他国でおまえには戸惑いや不安があるだろうが、これだけは覚えておいて欲しい。たとえどんなことがあっても、俺はおまえを護るということを。だから、俺についてきて欲しい」

エーリアルは改めて心に誓った。

自分たちが仮初《かりそ》めの夫婦になるのだとしても、この誠実なセイファスにつき従い、生きていこうと。

「はい、セイファスさま。私でよろしければ喜んで」

彼は立ちあがって、摑んでいた手を引いた。

「えっ！」

そのとたん、エーリアルは熱い胸に引き寄せられ、逃げる間もなく背中にまわってきた逞しい両腕にきつく抱きしめられる。

首筋に顔を埋《うず》められ、エーリアルが聞いたことがないような言語が甘く耳元で囁かれた。

「あの…セイファス…さま」

意味はわからなくても、愛の言葉だということはなぜか予想できて胸が熱くなる。

「では参ろうエーリアル。さぁ、扉を開けろ」

凜と前を向いたセイファスは花嫁の手を取り、颯爽《さつそう》と前室をあとにした。

城郭の中心部に位置した広い礼拝堂には、国家の政《まつりごと》を司《つかさど》る大臣たちや地方の領主が数多く集まり、竜王の婚姻式を見守っている。

祭壇の前に粛々《しゆくしゆく》と歩み出たセイファスとその妻エーリアルは、神父の前で誓いの言葉を述べ、互いに指輪を交換した。

厳かな式が終わると、今度は二人して広場に面した城のバルコニーに出ていく。

セイファスは集まった多くの国民に、美しい花嫁の姿をお披露目した。

「今日は俺の婚姻式の祝賀に集まってくれて感謝する。これが、我が妻となった王妃エーリアルだ」

温かい歓迎で迎えられたエーリアルは、執事や侍女に教えられた通り、ただ笑顔で民衆に手を振った。

「それから、皆にはまだ知らせていなかったが、すでにエーリアルは王子を出産している。しばらく妻の体調が悪くて黙っていたこと、本当にすまなかった」

突然の竜王の告白に、民衆は一瞬、水を打ったように静まり返ってしまう。

「王子の名は、ドラコー。ドラコー王子だ」

だがセイファスが王子の名を告げた次の瞬間、世継ぎである王子の誕生に歓喜した民衆からは、拍手と祝辞が国王夫妻に浴びせられた。


婚姻式と披露宴が滞りなく終わったあと、セイファスは今から大事な儀式があるのだと告げ、竜の姿へと変化した。

エーリアルはウエディングドレスを脱ぐ間もなく緑竜の背中に乗り、この国へ初めて来た夜のように大空へと舞いあがる。

「しばらく飛ぶぞ。摑まっていろ」

「はい」

（僕はこれから、いったいどこへ連れていかれるんだろう？）

花嫁を乗せた緑竜の翼が風に乗り、流れるように天を翔《かけ》る。

純白のベールが天使の羽のように風に翻り、星を近くに感じながらの飛行はまるで夢のようだった。

やがて高い山脈が現れて、それを次々越えていくと、前方に深い霧に包まれた崖の切り立った山が見えてくる。

セイファスが霧を裂くように進んでいくと、山頂付近に突如、白亜の神殿が姿を現した。

「下りるぞ。掴まっていろよ」

御影石の石版が敷き詰められた庭園に降り立つと、セイファスはあっという間に人間の姿に変化する。

何度見ても、不思議だと思った。

「さぁエーリアル、こっちだ」

二人が松明《たいまつ》に照らされた飛び石のある歩道を連れ立って歩いていくと、家紋の入った立派な門が見えた。

そこを押し開いて、いよいよ神殿の中に入っていく。

廊下を進み、やがて周囲を大理石に囲まれた神聖な大広間の中に入っていくと、奥の祭壇には大きな竜の像が設置されていた。

（不思議だな。ここは神殿の中の部屋なのに、まるで霧に覆われたみたいに視界が白くけぶってる）

そしてあたりをおぼろげに照らしているのは、金の燭台《しょくだい》に立てられた赤いろうそく。

祭壇の前には、毛足の長い深紅の絨毯《じゅうたん》が敷かれていて、エーリアルはウエディングドレス姿のまま、そこに跪かされた。

（なんだか…少し怖いな。いったい今から、なにが始まるんだろう…？）

「では、これから神聖な儀式を執り行う。エーリアル、今から俺は、竜族の守護神であるヒユドラ像の御前でおまえを抱く」

「え？　あ、の…今、ここで…ですか？」

（本当にここで？　でも、どうしてこの場所なんだろう？　なにか、儀式的なこと？）

「そうだ。これは婚礼の儀の最後を締めくくる大切な工程だから、花嫁にも従ってもらう」

「……承知しました」

素直にドレスを脱ごうとしたエーリアルだが、その手に手を重ねて止められた。

「いいんだ。儀式は、純白のウエディングドレスを着たまま交合するのが習わしだから、今夜は脱ぐ必要はない」

「このまま…ですか？」

エーリアルは少し戸惑い、緊張を悟られないよう瞬《まばた》きを繰り返した。

「王家に代々継承されてきた花嫁衣装を身につけた妻の体内に、俺の精液を注ぎ込んだ証を神に示すんだ」

（なっ。なんだか、すごく…リアルな言葉。…恥ずかしい）

初めてこの城に連れてこられた夜に抱かれたあと、セイファスは今日の婚姻式まで、一度もエーリアルを求めてくることはなかった。

そのせいか今夜は新婚初夜ということで、不安と期待が入り交じったような気持ちになっている。

「では今から我らがヒュドラ神に、セイファスが花嫁を娶った証を示す儀式を行う」

見たこともも聞いたこともない儀式には戸惑いしかないが、彼を信じて素直に従うしかない。

セイファスは祭壇に供えてある血の色をしたワインを二つのグラスに注ぎ、一つをエーリアルに手渡す。

そしてグラスをヒュドラ神の御前に掲げると、一気に飲み干した。

エーリアルはなにもわからないながらも、セイファスを真似《まね》てワインを口にする。

度数の高いワインのせいで、芳醇な味覚と同時に焼けるような熱さを舌に感じたが、無理をしてでも少しずつ喉に流し込んでいく。

セイファスはさらにレースグラスのゴブレットを手にして、絨毯の上に置いた。

蓋《ふた》を取ると、中には紫色のどろっとした液体が満ちている。

それを怖々と見つめていたエーリアルは、ふと身体の異変を感じて声をあげた。

「え！　あ、ぁ、どうして？　……身体が、熱い…あの…セイファス、さま」

「心配するな。身体に悪い影響は一切ない。さぁ、始めよう」

（さっきのワインに、なにか仕掛けがしてあったんだ。僕はどうなってしまうんだろう…）

セイファスはゴブレットを満たす粘度のある液を指にすくい取ると、エーリアルの唇に優しい仕草で塗り込める。

「どうだ？　旨いか？」

「…甘い…です。とても甘くて、舌にわずかな刺激が残ります」

答えたとたん、セイファスは満足そうに口角をあげた。

「これは、神殿近くの森林で採れる、ジャゴールという果実を絞った催淫液だ。粘度が高く、触れると少々刺激があって、肌が際限なく敏感になる。もちろん口に入れても旨いんだ」

甘い香りと味覚のせいか、エーリアルは頭がくらりとして、思考が上手くまとまらない。

「さぁ、もっとこの…ジャゴールが欲しいだろう？　どうだ？」

ゆっくりと絨毯の上に押し倒されていき、セイファスが我が物顔で覆いかぶさってくる。

「はい…ん…ぅ、ふ…欲しい…です」

「どこに欲しい？　ここか？」

襟の合わせの紐をほどいて胸元が大きく開かれると、どこになにをされるか察したエーリアルは怯えた声をあげる。

「あ、セイファスさま、そこは…お許しくださいませ」

先日、初めて胸を触られたときの甘すぎる刺激が一気によみがえって、あわてて両手で乳首を隠す。

「嘘をつくな。さぁ…見せてみろ」

強引に手を摑んで絨毯に縫い止められ、「腕はここだ」と命じられた。

「あっ…ぃや…ぁ」

まだやわらかい桜色の乳首が、男の眼前に惜しげもなくさらされる。

「恥ずかしがるな！」

（なぜだろう。今夜のセイファスさまは、少し強引な気がする…）

それはここが竜族にとって神聖な場所で、本能をよみがえらせるからかもしれない。

（初めて抱かれたときはすごく優しくしてくれたけど、今夜の彼はちょっと違う匂いがする）

想像すると、恐れよりも期待に腰が甘く疼《うず》いてしまった。

「おまえの乳首は小さくて可愛い。そして美味しそうな果実みたいだ。今からジャゴールを塗って、さらに赤く色づいて硬くそびえるほど、嬲ってやる」

「あ、ぁ。そんな…ひどいこと……しないで。どうか…お許しを…」

セイファスは胸元をさらに広げると、ジャゴールを無骨な指ですくい取り、迷いもなしにまだやわらかく無垢な乳頭に塗り込んだ。

「はぁぁ…ぁっ！」

ちりっと、痛いようなむずがゆい刺激に襲われると、エーリアルの口が丸く開いて、短い音といやらしい息を同時に吐く。

「ぁぁ…ぁ。ふ…ん…あ！　あ！　ぁぁ」

腰が砕けそうな未知の愉悦に襲われると、まだ触れてもらってもいない雄茎が震え、後孔が淫《みだ》らに蠢きだす。

指の腹で容赦なく揉《も》みしだかれると、小さな赤い粒は一気に血液を集めて熟し、胸の上でそそり立った。

媚薬《びやく》のすさまじい効果は、高貴なエーリアルの精神を徐々に貪欲《どんよく》な淫奴《いんど》へと貶《おとし》めていく。

「どうだ？　たまらないだろう？」

「ふぁっ……ぁあ…ん」

セイファスは媚薬の効き目を確かめるため、乳首を摘まんで引っ張って花嫁を甘く啼かせ、その熟し具合を目でも楽しんでいるようだった。

「ぁふ…ぅ…！　あぁ…ん。た…まらない…ぁ…ぅぅ」

淫靡な媚液は乳頭の穴から侵入し、血流によって全身へ。

さらには末端の神経まで広がって、エーリアルの息をあげさせる。

「これは、花嫁との交合を証明するための儀式だから、乳首を嬲る必要はないのかもしれないが…まぁ、俺にとっては必要なんだ」

セイファスは端整な顔ににじみ出る色気を、もはや隠す気もないらしい。

「あぁ…ぅ、ん…ぁぅ…ふ…」

散々に乳首ばかりをいじり倒したあと、セイファスはドレスを大胆にまくりあげた。

そして花嫁が恥じらう隙《すき》も与えないうちに、力の抜けきった両足を左右に押し広げる。

「いやぁ……見ないで…ぇ…だめ…！」

　エーリアルが恥ずかしがったのは、すでにその雄茎が蜜まみれになっていたからだ。

「清純な花嫁のいやらしい秘密を、ヒュドラ神に見せつけてやれ。足を閉じるんじゃない」

　すっかり勃《た》ちあがった雄茎の先端を、指で軽く弾き飛ばされる。

「はぁっ…ん！」

　先日の優しいセックスとは違った、少し粗野なセイファスの姿に、エーリアルの中で被虐的な興奮が生まれてしまう。

「乱暴に散らされていく花を愛《め》でるのも、また愉しいものだ」

　そう言い終わる前に、セイファスはジャゴールを今度は蜜のあふれる鈴口に塗り込んだ。

「はぁぁ…ぁ！　うう…うん。ふぁ…ぁ、そこは、お許しくださ…い。どうか…許し…て」

　無理やり開脚されて宙に浮いた足のつま先が、淫液の絶大な効果の餌食《えじき》となって、きゅっと丸くなった。

　鋭い快感を無理やり与えられると、火花が散ったような音が頭の中に響いて、全身を貫く快感にざわっと肌がさざめく。

「あぁ…だめ！　そんな…ところに…塗っちゃ…いやぁ。あぁぁ…ふん、熱い、熱くて…たまらない…んぅぅぅ…」

「いやらしい啼き声だなエーリアル。それに碧い瞳も潤んで…こんないやらしい花嫁は、本当に絶品でたまらない」

さらに耳朶《みみたぶ》を舐められながら、可愛いと息で囁かれると、首のつけ根から脇腹までを甘すぎる震えが走り抜ける。

媚薬まみれの乳首も陰茎もセイファスによって執拗に嬲られ、ビクビクと震えて真っ赤に熟していた。

「さぁ、次はおまえの可愛い孔を愛でてやろう。そろそろ頃合いに濡れて、物欲しそうに開閉しているようだぞ」

「いや、ぁぁ…嘘です。そんなこと…！　お願い…言わないで…」

濡れた指先が、迷うことなく固く閉ざした孔の縁をゾロッとなぞった。

「あくぅ…！」

そこはセイファスが指摘したように、すでにエーリアル自身がこぼした淫蜜でしとどに濡れそぼっている。

「いい子にしていたらこの中にもたっぷりジャゴールを塗って、死ぬほどよがらせてやる」

荒っぽい言葉とは裏腹、セイファスは傷つけずに中をほぐそうと、極力丁寧に交合の準備を進めていく。

エーリアルの太腿《ふともも》に手をかけてさらに足を広げさせると、ジャゴールをたっぷりすくった指先で、そのとば口を撫でる。

「あぁぁっ。どうか、お許しを…お許しを。中には、どうか…塗ら、あ！　あああ！」

指が浅いところに侵入した瞬間、細い腰が絨毯の上でビクンと突きあがった。

雄茎がいやらしく揺れて、あたりに甘い蜜を振りこぼす。

「いいか、あそこの力をちゃんと抜いていろよ。このまま奥まで塗ってやるからな。そうすれば、もっともっと極楽を味わわせてやれるんだ。いいな。返事はどうした？」

「…は、い。はい…お願い、します…」

恥じらいながらも、言われた通り腰の力を抜こうと試みていると、セイファスは愛《いと》おしそうな甘い視線をくれた。

孔の縁をめくるようにして、左手の指が入り口を強引に押し広げて、

「あぁ…そんな、ひどい…ぁぁ…ぁ、ふぅぅ…、やめて。もう中には、やめてぇ……っ」

今度は利き手の指が、後孔の奥までジャゴールを塗り広げるために潜り込んでくる。

「ひぃ……ぁ、あぁ。熱い…熱いぃぃぃ…奥が……だめぇ、感じ…て……っぅぅ」

快感を圧倒するほどの、想像を絶する喜悦にみまわれて唇がわななき、その口角から粘度の高いよだれがあふれて顎を伝った。

乳首と鈴口、そしてついには後孔にと、弱い三点にたっぷりと淫液が塗り込められ、壮絶な快感が清純なエーリアルを徐々に淫乱に変えていく。

「いやらしい眺めだ…エーリアル。俺の可愛い花嫁。さぁ、言ってみろ。どこが熱い？」

指はさらに奥を目指して潜り込み、赤く充血しきった肉襞がジャゴールの餌食になる。もうどこが熱いのかわからないほどすべてが気持ちよくて、全身の血液が沸騰していくようだった。

「セイファス、さま。ぁ、ぁ……乳…首と、それから、私の…あそこ…と……ぁんっ！　そんな、ぁぁぁっ！　いや、いやいや…っ」

エーリアルが急に暴れだしたのには、わけがあった。

「いや、いやぁ。それだけは…や…めて、お許し…くだ…さっ…ぃ」

「痛みなど少しも感じることなく、ただおまえを気持ちよくさせてやりたいだけだ」

そんな気遣いからの行為が、エーリアルをさらに辱めていく。

セイファスは左右両手の人差し指を孔の縁に引っかけてぐっと横に引っ張る。

すると、熱い粘膜にまみれた肉襞が男の眼前にさらされてしまった。

「いやぁぁ！　なにを、なさるの…ですか！　ぁぁ…そんなところ、見ないでぇぇ…」

羞恥にまみれる肌は、まるで火がついたように甘やかに燃えあがって匂い立つ。

端整なセイファスの顔が秘孔に近づけられて…次の瞬間、エーリアルは悲鳴を放った。

「いやぁぁぁぁっ……！　お許しを、お許しを……っ」

焼きごてのような熱い舌が縁を犯し、容赦なく後孔の内部に差し込まれてくる。

襞の一枚一枚を確かめるように丁寧に舐められて、細い腰が淫らにくねって新たな蜜が竿《さお》を伝った。

「やめて、くださ…どうか。後生ですから…もぅ…舐め…ないでぇぇ…」

震える手が絨毯の毛を必死になって掴んでいるが、力が入りすぎているため、指の関節が白くなっている。

己の恥部をセイファスの高貴な舌で舐められていると思うだけで、自決したくなった。

あまりのことに、他に意識を飛ばそうと考えたが、壮絶な快感がエーリアルにそれさえ許さなかった。

ぴちゃ、ぐちゅっ…じゅっ…。

卑猥に響く淫音が己の後孔から臓器を伝い、やがては鼓膜まで震わせているような錯覚に溺れる。

熱心な舌が媚襞を強引に掻《か》き分けて舐め尽くすと、無意識にエーリアルの中がぎゅっと締まって舌を押し戻そうとする。

負けじと、さらに挑むようにセイファスが舌を突き刺して奥を抉《えぐ》ると、花嫁は甘い喘《あえ》ぎを放ち、しゃくりあげては目元を赤く染めていった。

懇《ねんご》ろに中がやわらかく敏感に仕上がった頃、セイファスは脱力しきった肢体を抱き起こす。

自身は絨毯に座ったたまま、背中からエーリアルを抱いて、足を大きく広げさせた。

「さぁ、よく見るんだ。目の前のヒュドラ神の像を」

息を呑んで潤んだ目を開くと、真正面に竜族の守護神、ヒュドラの像があった。

その目には深紅のルビーがはめ込まれていて、破廉恥極まりなく足を広げられた自分を凝視しているように見える。

「いや、いやぁ！　見られて…る。だめ…見ないで、見ないでぇ」

舐めてほぐされた後孔はだらしなく広がって、中の赤い粘膜さえさらしていた。

「いくぞ、エーリアル」

セイファスは手早く己の怒張を抜き出すと、まだ慣れない後孔を傷つけないよう配慮しながら、己の竿の上に花嫁を座らせていく。

「ひっ！　あ、あああああ……っ」

ぐぷっ…と卑猥な淫音を響かせ、血管をびっしりまとった巨大な竿が、熱い粘膜の中に徐々に埋まっていく。

エーリアルは背をのけぞらせて悲鳴を放ちながら、セイファスを呑み込んでいった。

「さぁ、俺の上で踊って見せろ。あでやかにな。そして、おまえのその美しい声で啼け」

そう命じた直後、セイファスは一息に腰を突きあげ、雄茎のすべてを熟れた孔に埋めきる。

「ひ…ぃ。あぁあ…ぁぁ…」

「どうした？　苦しいのか？」

「は…い、少しだけ…でも……」

「でも、なんだ？　言ってみろ。正直にな。さぁ、もっと、こうしてやるから」

セイファスがいやらしく腰をまわした瞬間、大きく広げさせられた足の内腿がピクピク短く痙攣《けいれん》し、花嫁の快感を示した。

張りつめた小ぶりな陰茎も、触られてもいないのに蜜を垂れ流し続けている。

「身体は正直だぞ？　おまえの中はやわらかくて熱くて、俺を食い締めてくる」

「ぁ…ぅぅ……ぃ、ぃ…です」

「聞こえないな。さぁ、もう一度言ってみろ」

ガツンと、まるで跳ね馬に乗せられたように尻が強く突きあげられる。

「ひぃぃぃっ…ぃぃ。気持ち、いい…です。とても……気持ち、ぃい…」

「いい子だ。俺の花嫁は淫乱で可愛いな。これから、もっと夜の務めが上手くなるよう、作法を教え込んでやる」

快感をあらわにするエーリアルの姿から察すれば、セイファスによる、無垢な妻の調教はおそらく上手くいくだろう。

「あぁ、そんな…これ以上のことを覚えるなんて…もう、私には…無理…です…」

「嘘をつけ、もっともっと上等な快楽をおまえに教えてやる。だからしっかり俺を覚えるんだ。この、形や体温までもな。さぁ、今度は一回きつく締めてみろ」

「は…ぃ。っ…っ…あ！　あぁぁっ」

「どうだ？　こうすれば俺の形がわかるだろう？　どんな形だ？」

「…セイファスさまの…は、とても…大きくて………あぁ、こんなの、無理です。恥ずかしくて…とても言えません…」

根元まで埋められた状態でエーリアルが腰に力を入れると、本当に怒張の形が目に見えるような気がして怖くなった。

「どうした？」

セイファスはゆっくりと味わうように、巧みに腰を使い続ける。

彼のエラの張った亀頭はとても立派で、その角が確実にエーリアルの中の前立腺《ぜんりつせん》を捉《とら》えた。

「ひいぃぃいっ……！」

忘れかけた頃、まるで存在を思い知らせるように、セイファスの指がドレスから見え隠れする乳首を左右交互に弾き倒す。

「あぅ！　いや…ぁ…う。ふ…ぁぁ…い、ぃ…」

前立腺と乳首を同時に責められたエーリアルの瞳は、すでに焦点を失っている。

「すまないな。ここをこすられたら、もうしゃべることは無理だな。それに…無粋だった」

背後から細い腰を抱く逞しい腕が、今度は花嫁ごと上下に激しく揺さぶり突く。

「あぁ…ぃぃ…ぃぃ、そこが…とても…感じて……私、いやぁ、変に…な…る」

「変になればいい。さぁエーリアル、ヒュドラ神に見せてやれ。おまえのいやらしい痴態のすべてをな。そして俺は花嫁の中に、すべてを注ぎ込んでやる」

下から何度も突きあげると、ゆらゆらと花嫁が乱れ揺れる。

さらにいたずらに胸の突起を弾かれ、ひっと甲高い音が鳴って同時に内壁がすぼむ。

「あぅん…ぅ。ふあぁ……っ！」

「まるで楽器のようだな、おまえの身体は。どこもかしこも感じやすくて、最高の名器だ」

純白のウエディングドレスを身につけた肢体が、男の上で悩ましく乱れくねった。

「ぁあっ…ぃい…いい」

熟れきった襞をめくりあげるように挿入され、引きながら前立腺とその周囲の感じやすい肉襞をエラで逆撫でされる。

「ダメ、そこ…ばかり…は、だめぇ……」

「いいんだろう？」

「は…ぁあ。だめ、なのに……ぁあ、…ぃい…すごく…あぁぁ…」

エーリアルが引きつって背中を反らせた瞬間、中で角度の変わった竿が、もっとも弱い箇所を強く突いた。

「ひ……ぁぁああ…！」

細い手が救いを求めるようにヒュドラ神の像に差し出されたが、それはむなしく空を掻いただけだった。

そのとき、中で最大にふくらんだ怒張がついに熱を解き放つ。

「エーリアルっ…くっ…」

「セイ…ファス、さまぁ…ぁぁぁっ…！」

それと同時に、エーリアルも甘く長く啼きながら白濁を散らした。

竜の王の射精は長く大量で、花嫁の平らな下腹がふくらむほどだった。

「っ…エーリアル、今から抜いてやるが、下の口をしっかり締めていろよ。一滴もこぼすな」

「あ、ぁ、そんなこと…無理、です……ぁぁ、無理、抜かないで…お願い、恥ずかしい…」

無情にも雄が抜き去られると、まるで栓を失った奔流のように、花嫁の後孔から精液が噴きあがった。

「ぃやぁぁ……恥ずかしい、こんな姿…どうか、見ないでぇぇ……」

どれだけ食い締めてもそれは止まらず、ゆるんだ口から蜜はこぼれ続ける。

「いい子だエーリアル。おまえの花が、竜王によって間違いなく散らされたことを、ヒュドラ神も見届けただろう」

その間も、たっぷりと注がれた精液が、まだエーリアルの孔から細く垂れいて、そんな恥ずかしい姿を延々と見られ続ける。

「あぁ…ぁぁぁ…恥ずかしい…もぉ、もう許し…て、ください…ぁぁ」

「いいかエーリアル、これから俺は、欲しいときにおまえを抱く。おまえは生涯俺のものだからよく覚えておけよ。その代わり、俺はずっとおまえだけを可愛がってやるから、絶対に俺のそばを離れるな。いいな？」

「ぁぁ……ぁ。は…い」

「ちゃんと言ってみろ」

「はい……わ、私は、生涯…あなたの、もの…です。あなたのそば以外の、どこにも…行き、ません」

朦朧《もうろう》とした意識の中での誓いだったが、セイファスは満足したようだった。

「さぁ、ではもう一度だ」

「は…ぃ。セイファス…さま。どうぞ、私を…好きなだけ、可愛がって…」

セイファスは花嫁を優しく絨毯の上に寝かせると、儀式は終わったからと言って、今度は打って変わって徹底的に優しく抱いた。

何度も何度も…愛情あふれる行為で全身を満たされ、エーリアルは嬉し涙に濡れながら喘ぎ続けた。

エーリアルは婚姻の数日後、ドラコー王子の母代わりとしての生活をスタートさせることになった。

婚姻の前、セイファスとエーリアル、そして乳母ベケットの三人で話し合った結果、ドラコー王子の世話はエーリアルと乳母の二人で、時間を分けてすることに決まった。

エーリアルは昼食前から夕食の前までの時間を。

そしてベケットは夕食前から夜間。

そして昼食の前までを担当することが決まった。


いよいよ今日、エーリアルはドラコー王子と初めて一緒に過ごすことになっている。

「エーリアル、今日から大変な役目を担うことになるが、よろしく頼む」

「はい、もちろんです」

夫婦の居室は日当たりがよくて、エーリアルは美しい花で賑わう花壇を大窓から見ていた。

現在、エーリアルが作った昼食を夫婦一緒にとるのは日課になっていて、日中は政務に励んでいるセイファスも、昼には必ず夫婦の居室に戻ってくる。

日々の献立を考えるのが、エーリアルの楽しみの一つになっていた。

「あまり無理をしない程度にがんばってくれたらいい」

爽やかな風が吹く窓際に立つエーリアルは、期待に胸をふくらませている。

「はい。でも、できる限りのことを精いっぱいさせていただきます。それに、ドラコー王子と過ごせることは、私にとって本当に楽しみなんです」

満面の笑顔を浮かべ、王子との再会を心待ちにしているエーリアル。

ほほえましい瞳で妻を見ていたセイファスは、思い立ったようにエーリアルに近づき、その痩身《そうしん》をぎゅっと抱きしめた。

「え？　セイファス…さま？」

「エーリアル。おまえに、感謝している」

（あの、えっと…どうして？　こんなふうに抱きしめられたら、僕はまた勘違いしそうになるよ。きっとあなたは、感謝の気持ちを示してくれてるだけなんだろうけど…）

「とんでもない。私は、ドラコー王子の母親に少しでも近づけるよう努力します」

「あぁ、頼む」

大きな掌が優しく髪をすいてきて、逞しい胸に寄せた頬がだんだん熱くなってくる。

（あの…もうすぐベケットが来るのに…セイファスさま？　本当に、どうしたんだろう…）

近頃のエーリアルには、どうしても彼に訊けない疑問があった。

新婚初夜をヒュドラ神のまつられた神殿で迎えて以来、セイファスは二日に一度はエーリアルを求めてくる。

それは昼でも夜でも、セイファスがその気になったら始まってしまう。

もちろん徹底的に優しくしてくれて、いつも満たされているエーリアルにはなんの不満もないけれど、時々切なくなる。

　自分がいわゆる、契約花嫁だからだ。

（妻と母親役を演じるだけなら、もう僕のことなんて抱かなくてもいいはずなのに…どうしてセイファスさまは僕を求めてくるんだろう？　身体が目当て…とか？）

　でも、エーリアルがことに及んでいる最中に薄目を開けてセイファスをのぞき見ると、彼は時々、つらそうな表情で自分を抱いている。

（どうしてなんだろう？　それに、彼は僕になにか言おうとして、あわてて口をつぐむこともしばしばある。すごく気になるけど、怖くて訊けないよ）

「あの、セイファスさま。そろそろ…離してください。ベケットが来るから」

「あぁ、すまなかった」

　名残惜《なごり》しげに頰に啄むキスをしてくれたセイファスに、エーリアルもお返しに彼の唇にそっと唇で触れた。

　複雑な想《おも》いが交錯して不安なのに、胸の中はとても熱く満たされている。

（僕は変だ。本当に…本格的に変だよ。まるで、恋をしているみたい……）

　探るように瞳をのぞき込まれたエーリアルが視線を逸らしたとき、ノックの音が響く。

「失礼いたします。乳母のベケットです」

　そんな一声のあと、ドラコー王子を抱いたベケットが夫婦の居室に入ってきた。

彼らが久しぶりに見る赤子は、わずかの期間に身体が二回りほど大きくなっていて驚いてしまう。

「少し見ない間に、王子はとても大きくなりましたね！　竜族のややこは成長が早いんでしょうか？」

「いいえ、生後から半年ほどの間は、人間の赤ん坊も急激に大きくなります。それは竜族も同じですよ。でもそれ以降、人間の子とは成長の違いがありますが、王子には半分人の血が流れているので、見守っていきましょう」

「ええ、わかりました」

乳母に抱かれている間もじっとしていられないのか、腕の中から下りようとパタパタ手足を動かして暴れている姿が本当に愛くるしい。

「それではエーリアルさま、今日から王子の、昼間のお世話をお任せいたしますね」

「ええ、でも…私で務まるか不安なので、いろいろ教えてね」

「もちろんです。さぁ、どうぞ」

エーリアルが近づくと、ドラコー王子は真っ直ぐに両手を伸ばしてきた。

「あん…む〜！」

赤ん坊特有の意味のない声を発してエーリアルの腕に抱かれた王子は、大きな目をクリクリさせてじっと見つめてくる。

頬は以前にも増して、まるで綿でも詰めているのかと思うほどふっくらしていて、どこもかしこも本当にやわらかくて温かい。

「あの、王子は少し体温が高くないでしょうか？」

自分よりも体温が高いことは、肌が触れてすぐにわかった。

「ええ、そうですね。でも、これが普通なんです。赤ん坊は大人より体温が高いんですよ」

「それは知らなかった！　よく覚えておかなくちゃ」

実はエーリアルは数日前から、ベケットにおむつの替え方や寝かせ方、離乳食のことなど一通りのことを教えてもらっていた。

「では、お困りごとがあったらいつでも呼んでくださいね」

そんな心強い一言を残して乳母が退室すると、セイファスが心配そうに尋ねてくる。

「エーリアル、本当にこのあと、一人で大丈夫か？」

「はい。ご心配には及びません、それにドラコー王子の母親代理も、最初の契約のうちに入っていましたでしょう？　だから気にせずお任せください」

『契約』と聞いた瞬間、セイファスはわずかに眉をひそめたが、エーリアルはそれには気づかなかった。

それにしても、ドラコー王子は本当にわんぱくで、少しもじっとしていない。

エーリアルの腕からのけぞって逃れようとして落ちかけると、あわててセイファスが王子を抱き取った。

「あ〜。ふぅ〜！」

本当に、一時も目が離せそうにない。

「もしかして、抱っこされてるのが気に入らないんでしょうか？」

セイファスの腕からも必死で逃走を図ろうとする王子の背中を、彼がぎゅっと抱きしめると、不満げに今度は「ぶ〜！」と怒り、突然、セイファスの腕をかぷっと噛んだ。

「うわっ！」

(あ〜、王子ってば、セイファスさまの腕を噛んじゃったよ…)

なんとか落とさないようにこらえたようだが、とても痛そうに見える。

「すごい力だな。こら、だめだぞ噛んだら。結構痛いんだから」

生え始めたばかりの小さい歯で噛まれたセイファスの腕が赤くなってしまい、それに気づいたドラコーは、言葉はわからないなりにも怒られたことがわかるらしく、しょんぼりとした。

「ふふ…可愛い」

さらに、『噛んだら痛い』という言葉の意味がわかったのか、赤くなった皮膚をペロペロと舐める。

(きっと、ごめんなさいって思ってるんだろうな。本当に可愛い)

「セイファスさま、王子はよっぽど下りたいんでしょうね」

「そうかもしれないな。よし、なら床で好きに遊べ。ほら」

またバタバタ暴れだした王子を、セイファスは慎重に床に下ろしてやる。

「は〜ぃ！　ふ〜！」

あっという間に部屋の中を素早いハイハイで動きまわるその様子に、セイファスとエーリアルは顔を見合わせて笑ってしまった。

「ハイハイがすごく早いですね。でも、おむつをしたお尻が大きくてやっぱり可愛い」

「ははは。あぁ、確かにな」

室内にある、朱色の魚が泳ぐ観賞用の水鉢《みずばち》を見つけたドラコー王子は、低い棚によじ登って、額とほっぺをガラスに張りつけて眺める。

「あ〜ぶ〜。ぅ〜！」

そのうち、がじがじとガラスをかじり始めて、二人は困ったようにまた笑った。

（ふふ、セイファスさまも、すごく楽しそうだな。よかった…）

新天地で迎える日々はとても忙しかったが、ほんのり優しい香りに包まれていた。


婚姻式から一ヶ月も経つと、エーリアルは城での生活にもずいぶん馴染《なじ》んできた。

城内で働いている召使いや衛兵などの顔と名前も、もうほとんど覚えている。

そんなこんなで、新しく城に迎えられた新妻の一日は、朝からとても忙しい。

ドラゴリアン王国のことを知るため、午前中は毎日歴史や地理、法律などを執事のセバスチャンから学んでいる。

昼前からはセイファスとドラコー王子のために昼食の準備をし、ベケットから王子の世話を引き継いで三人で昼食をとる。

午後からは天気がよければ毎日衛兵を伴い、王子を連れて城壁の中にある庭園に散歩に出かけるというのが、一日の流れとなっていた。


今日も、とても天気がよくて爽やかな一日だ。

ドラコー王子を専用の小さな椅子に座らせ、落ちないようにベルトで固定すると、セイファスとエーリアルもテーブルに着いた。

「さぁ、昼食にいたしましょう」

食欲旺盛な二人のために、エーリアルは毎日、料理に腕を振るっている。

「まぁん〜ま〜！　ぁぶ〜」

相変わらず幼児らしい言葉を発しながらも、ドラコー王子はテーブルを叩いてお腹が空いたアピールをしてくる。

「ほら、王子はまだご飯も食べてないのに、こんなにヨダレが…さぁ、こっちを向いて」

エーリアルがナプキンで可愛い口元をぬぐうと、ますますふっくらしてきた両手と両足が元気いっぱいにバタバタ暴れた。

「エーリアル、今日の料理はなんだ？」

「はい、仔羊《こひつじ》の骨つき肩肉をオーブンで焼きました。つけ合わせはニンジンとインゲン、アスパラをボイルしてアルガンオイルで調味したものです」

「そうか。俺は最近、すっかり昼食の時間が楽しみになった。おまえの作る料理はこの国ではめずらしい味つけだが、とても美味いからな」

（セイファスさまは、いつもこうして僕の料理を誉めてくれるから、本当にやる気が出る）

「私の国ではありふれた郷土料理ばかりなんですが、セイファスさまに喜んでもらえていたら嬉しいです」

エーリアルは細かく刻んだハーブを、肩肉の上に味のアクセントとして散らす。

「そういえば、料理長がおまえに教えて欲しい料理があると言っていたぞ」

待ちきれないのはセイファスも王子と同じようで、さっそくフォークを手にした。

「本当ですか？　喜んで！　では私も逆に、この国の郷土料理を料理長に教わりたいです」

碧い瞳が活《い》き活《い》きと輝きを増す様子を、セイファスはほほえましく見ている。

厨房を使わせてもらっている間、料理人たちが調理しているメニューが気になって仕方がなかったエーリアルにとっては、願ってもない申し出だ。

「わかった。料理長は遠慮して言い出しにくいだろうから、明日にでもおまえから直接、言ってみればいい」

「はい、承知しました！」

(あぁ、また楽しみが増えた。実は、教えてもらいたいことがたくさんあるんだ)

その間も、待ちきれないドラコー王子は、ついに機嫌が悪くなってくる。

「あ～！　ぁむ～！　まぁん～ま！」

「ごめんなさい王子。さぁ、いただきましょうね」

エーリアルは子供用の小さなスプーンに、深皿の食材をすくって小さな口に運ぶ。

「はい、お待ちどうさま」

小さく見えるドラコー王子の口は、本人が目いっぱい広げると実はとても大きい。

すくっては口に運ぶを繰り返し、あっという間に野菜のスープがなくなった。

「んま～！」

「ふふ、美味しいって言ってるの？　今度はこれ、今日から食べてみましょうね」

エーリアルは今度、別の皿から食材をすくった。

「エーリアル。その、肉らしきものはなんだ？」

「はい。これはイングラッド王国ではミートローフと呼ばれる牛肉を細かくした料理です。

とてもやわらかいし消化もいいので食べやすいんですよ」

「なかなか上手そうだな。そのミートローフ、今度は俺にも作ってくれないか？」

（セイファスさまって、こういうところは本当に子供っぽくて可愛い！　って思ったら、怒られるかな。ふふ…）

「ええ、もちろんです。明日にでも作りますね。さぁ、ドラコー王子。ミートローフを食べてみましょうね」

「あぁ待て、エーリアル。それ…一度、俺にもさせてくれないか？」

エーリアルは首を傾げてセイファスを見る。

「は？　料理をですか？」

「いや、違う。さすがにそれは無理だろう。そうではなくて、俺もドラコーに食べさせてやりたいんだが…」

親切な申し出に、エーリアルはひどく驚いた。

「お気遣いをありがとうございます。でも手伝いは無用です。一国の国王さまが、そんなことしなくても結構ですから」

当然のように断ると、意外な言葉が返ってくる。

「そういう決めつけは苦手なんだ。別に、俺は無理をしてるわけではない。ただ、ドラコーを育てることに関《かか》わりたいだけだ。王がそう思うのはおかしいことなのか？」

セイファスの言葉の意味を咀嚼《そしゃく》するのに少し時間がかかったが、エーリアルは満面の笑みを向ける。

「それは大変失礼なことを申しました。ではどうぞ。王子に離乳食を食べさせてあげてください」

（小さいスプーンは、セイファスさまの手の中にあると余計に小さく見えて、なんだかおかしいな。ふふっ）

「ドラコー、さぁ、今度は肉だ。エーリアルの作る料理は本当に美味いぞ」

「あんむ～！　ぶ～。ぅま～！　ん～ま！」

初めての肉料理をかなり気に入ったらしいドラコー王子は、何度も口を開けて次を催促した。

「そんなに美味いのか？　どれどれ…」

セイファスは味見と言って最後の一口のミートローフを自分の口に入れてしまい、それを見て怒ったドラコーにがぶっと指を噛まれてしまう。

「うわっ、おまえ、また！」

「あははは！　今のはセイファスさまが悪いです。ね、ドラコー王子」

鈴が転がるようにエーリアルが笑うとセイファスも苦笑し、つられてドラコー王子も笑った。

（あぁ。僕は今、本当に幸せだな。ドラコー王子と三人でこうしていると、まるでセイファスさまと本当の夫婦になったような気がする）

この幸せがずっとずっと続いて欲しいと、エーリアルは胸の中でそっと祈った。

婚姻の日から三ヶ月ほど経ったある日の午後、エーリアルはドラコー王子と衛兵を伴って、城外の丘まで散歩に出ていた。

この国は常に温暖な気候で、夏と冬はあっても寒暖の差がそれほど大きくなく、過ごしやすい。

今、季節は夏を迎える前の雨期のため、今日もすっきりしない天気だった。

最近になって歩き始めた王子は外で遊ぶのが大好きで、エーリアルはよく、城の外に遊びに連れ出してあげている。

城近くの丘陵にある広い草原まで来ると、王子は乳母車から身を乗り出して降りたがった。

「お、はなぁ～」

あたりにはたくさんの野草が色とりどりの花を咲かせていて、目に鮮やかだ。

「そう、お花。この花の名前はスズランで、そっちはスミレ」

エーリアルは王子を抱きあげ、乳母車から降ろしてやる。

王子はまだおぼつかない足取りで、花の咲く草原を歩きだした。

「しゅ、みれ〜」

「はい、それがスミレです」

言葉も少しずつ話せるようになって意思の疎通が取れるようになると、忙しい育児も一気に楽しくなってくる。

「あ！　ちょおちょ〜」

黄色い蝶《ちょう》が目の前を遊ぶように飛んでいくと、王子は必死でそれを追いかける。

時折空に向かってジャンプする姿を見ながら、エーリアルはつい、拳《こぶし》を握ってしまった。

（そう！　いい感じだよ王子。翼があったらもっと高く飛べるんだから、がんばって！）

実は最近、エーリアルがこの草原によく王子を連れてくるのにはワケがあった。

それは…。

すでに生後半年を迎えるのに、まだ王子が立派な竜の姿へと変化しないからだ。

言葉をしゃべるのも歩くのも、王子は人間の赤子と比べてとても早かったから、変化も早いのかとエーリアルは勝手に予想していた。

ベケットに聞いた話では、竜族は一般的に五ヶ月を迎える頃には自然と竜へ変化できるようになるらしいのだが…。

エーリアルにとって変化の問題は、まるで我が子が歩けるようになるのが遅いと心配する母親の心境に近かった。

王子はしばらく、楽しそうに蝶を追って飛び跳ねていたが、やはり大きな雨粒が落ちてきてしまう。

「雨です！　ドラコー王子」

エーリアルは王子を抱きあげて乳母車に乗せると、つき添いの衛兵に急いで城に連れ帰るよう頼む。

「かしこまりました王妃さま」

「あぁそう。このローブをかけてあげて！」

自分がまとっていた大きなローブを肩から外し、雨よけにと乳母車に覆いかけた。

「ですが、これでは王妃さまが濡れてしまいます！」

「私は平気です。もちろん急いで戻りますが、なにぶんこのドレスなので…。だからどうぞ、王子を連れて先に城へ戻ってください」

「はい、承知しました」


その日の夜、ドラコーを庇《かば》って雨に濡れたエーリアルは、身体が冷えたせいで体調を崩して熱を出してしまった。

寝室で休んでいる間は侍女のマーサがつき添って看病してくれていたが、そこに政務で領主会議に出ていたセイファスが帰城して駆けつけてくる。

「ありがとうマーサ。つき添いは俺が代わるから、今夜はもういい」

セイファスは冷たい水の入ったカラフェを脇机に置く。

「セイファス王、とんでもありません。王妃さまの看病は、侍女の私がいたします」

「あぁ、いや。ありがとう。だが本当にかまわないんだ。俺が代わるよ」

国王の気遣いに感謝し、マーサは一礼して退室していった。

寝台脇の椅子に腰かけたセイファスは、苦しげな表情で眠っているエーリアルを見おろす。

「かわいそうに…」

愛おしげに金色の髪を撫でると、長いまつげが微かに動いて碧い瞳が現れた。

「起こしてすまない。熱があるようだが、具合はどうだ？」

「……セイファス…さま？　……あ！」

すぐそばに国王の姿を認めたエーリアルは、あわてて起きあがろうとしたが制される。

「いいから寝ていろ」

「はい…すみません。あの、ドラコー王子の体調はどうですか？　風邪《かぜ》などひいてなかったでしょうか？」

目覚めて開口一番の言葉が王子の心配ごとで、セイファスは苦笑した。

「今しがた王子の様子を見に行ってベケットに話を聞いたが心配ない。夜はいつも通りたくさん食べて、もうぐっすり眠っていた」

エーリアルは、ほっと胸を撫で下ろす。

(あぁよかった。ドラコー王子が元気で…本当によかった)

「あの、セイファスさま。今回のことは、申し訳ありませんでした。私の不注意で、王子を雨に濡らしてしまうなんて」

面目なさそうにうつむいて謝罪した。

「エーリアル、竜族はそう簡単に風邪などひかないんだ。それより俺はおまえが心配だ。さぁ、今すぐこれを飲むといい」

熱が高くて苦しそうなエーリアルに、セイファスは己の短剣を抜いて自らの手首を切りつけようとした。

竜族の血には、人の病を治す治癒力が備わっている。

「待ってくださいセイファスさま。そんなことしなくて結構です。人間にだって普通に病気を治す力がありますから。その力は、もっと大事なときに使ってください。さぁ」

エーリアルはセイファスの手から短剣を預かると、鞘《さや》にしまってから返した。

(セイファスさまは本当に優しい方だ…心から僕を心配してくれてる)

「おまえは、めずらしいことを言う。早く楽になりたくないのか?」

「それはそうですが…でも、大丈夫です。いつもセイファスさまに頼り切ってばかりなので、病気くらい自分で治させてください」

妙なところで律儀《りちぎ》なのか頑固なのかわからないとセイファスに言われたエーリアルだったが、ここは一つ譲ることにしてくれたらしい。

「まぁいい。ならば好きにしろ。でも、もっと熱が上がってきたら無理にでも飲ませるからな」

「はい。でも、私は平気です。このくらい、すぐに治してみせますから」

「わかった。おまえは頑固な面があるからな。まぁいい。それより、少し冷やしてやる」

妻の火照った頬に、セイファスは冷たい水に浸したリネンを絞って押しあてる。

「ん～…冷たくて気持ちいい」

「そりゃあ、熱が高いからな」

(そういえば子供の頃、風邪をひいたらいつもお母様が看病してくれたなぁ)

いつもこんなふうに心配そうな顔で、一晩中エーリアルのそばについていてくれた優しい母。

(どうしてこんなに優しいのって訊いたとき、お母様は、僕のことが大事だからだと言ってくれたけど…だったら…)

「あの…セイファスさま、聞いてもいいでしょうか？」

「なんだ？　おまえのその、『聞いてもいいでしょうか？』は、病気のときでも関係ないみたいだな」

「ふふふ、はい」

いつも疑問に思っていたが、でも…どうしても訊けなかったことがあるが、今のエーリアルは熱のせいで少し朦朧としていて、気持ちが大きくなっているらしい。

「私はただの代理の妻なのに、どうしていつもそんなに優しくしてくださるんです？」

そのとたん、わかりやすく困った顔になったセイファスだったが…。

そっと頬に触れてくる優しい手に、エーリアルは自分の手を重ねた。

「それは……エーリアル。おまえがドラコーの母として、とても献身的に尽くしてくれているからだ」

理由を聞いて嬉しかったが、少しだけ寂しくも感じた。

「それに…おまえが……」

さらに言葉を続けようとしたセイファスだったが、なにか思いとどまるように口をつぐんでしまい…。

（セイファスさま？　いったい…なにを言おうとしたんだろう？　聞きたかったな…）

重ねた手を、エーリアルはそっと握る。

「セイファスさまの手は冷たいですね……なぜでしょう？　母のことを思い出します。私の母は物静かな優しい人でしたが、いつも冷たい手をしていました…」

エーリアルはその母、アンとの懐かしい思い出を、ぽつぽつと話して聞かせる。

「おまえの母は、さぞかし美しかったのだろうな?」

「ええ、エド王に一目で見初められたほどですから。ただ、母は若い頃の記憶を失っていたんですが、それでも果樹園ではとても働き者だったそうです。その後、エド王と恋に落ちたと聞いています」

普段はあまり喜怒哀楽を表情に出さない母だったが、エーリアルは料理や裁縫、さらには乗馬など、生活に必要なことはすべて母から教わったことを話した。

「母との一番の思い出は、二人して城の庭に広い花畑を作って、季節ごとにいろんな花を咲かせていたことです。母とハーブティーを楽しんだり、いい香りのポプリも作りました」

エーリアルは瞳を輝かせながら、懐かしい思い出を語って聞かせる。

その脳裏には今、美しい花壇や花畑が鮮やかによみがえっていたが、それを思い描いたと同時に、もう二度と故郷に戻って花を愛でられないのだとわかり、急に哀しくなった。

「おまえは母のことを話すとき、とても明るい表情をするな」

「そうなんですか? だって、本当に楽しい思い出ばかりなので。もちろん、父上がよこした女性の学者さまに、学問や作法も習いましたが、私はあまり好きじゃなかったので」

「あははは、俺も子供の頃、特に作法がきらいだった」

「でしょう? ふふ。あ、セイファスさま、これを見てください。母の唯一の形見なんです」


エーリアルは時々首にかけている、変わった模様のペンダントを外して見せた。

「生前、母が肌身離さずつけていたものなんです」

それを一目見たセイファスは、目を細めて首を傾げる。

「この星形の模様…どこかで見た気がするが…どこだったか？　いや、俺の記憶違いだろうな」

似たような模様などたくさんあるのだし、エーリアルはこのとき、気にも留めなかった。

「さぁ、おしゃべりはそのくらいにして。エーリアル、もう眠れ」

「はい…でも、もう一つだけ」

「なんだ？　まだあるのか？」

エーリアルは最近の心配ごとを、思い切って話すことにした。

「あの…ドラコー王子は、いったいいつ頃、竜に変化できるようになるでしょう？」

それを聞いたセイファスは、ここしばらく毎日のように妻が王子を草原まで連れ出していた本当の理由が、ようやくわかった。

「おまえ、そんなことを心配していたのか？　大丈夫だ。変化する時期には個人差があるようだからな。俺は早かったが、ジャスティンは結構遅かったから、気に病むな」

「とは言いますが、やっぱり心配です」

「そういうものか?」

「はい。母親の心理です」

「まぁ、きっと近いうちだろう。さぁ」

セイファスが肌がけを肩まで引きあげて席を立とうとしたとき、エーリアルは彼の手首をとっさに摑んでしまった。

少し心細かったのか、とっさにとった行為に自分でも驚いてしまうが…。

「エーリアル。悪いが……手を放してくれ」

強めに手を引かれてしまい、エーリアルが少しだけ傷ついた目をすると、セイファスがばつが悪そうにいいわけを始めた。

「違うんだ。おまえは今、熱があるから頰は赤くて目も潤んでいる。だから、ここにいたら俺がマズイんだ」

(セイファスさまは、なにを言っているんだろう?)

「……なにが、マズイんですか?」

意味がわからないと見あげると、今度は視線さえも離れていき、エーリアルは気づいた。

「あぁ、私が今、とても疲れた顔をしているからですね。ごめんなさい…」

「違う!」

大きな声を出されたことに驚いて、エーリアルは肩をビクッと揺らす。

「すまない。そうではなくて、要するに……俺が、おまえを……抱きたくなると言っているんだ」

渋々の告白を聞いたエーリアルは短く声をあげ、急に恥ずかしくなって目を伏せた。

「それでなくても、普段から我慢を強いられているんだからな」

「え？ …あの、どうして我慢なんか？」

「おまえは人間だ。竜族の俺と交わるには相当な体力を使うだろう。だから俺は、回数を極力控えているんだ。本当は……毎日でもおまえが欲しいんだぞ」

目を見張ったエーリアルに、セイファスは優しくいたずらな笑みを浮かべてみせた。

「おやすみエーリアル」

背が高く肩幅の広いうしろ姿をもう少し見ていたかったのに、それは呆気なく扉に消えてしまった。

「セイファスさま…」

(それでも、二日に一度は抱いてくれる……毎日だったら？ あぁでも…僕は決していやじゃないのにな)

これが偽りの結婚生活だとわかっていても、エーリアルは胸が高鳴るのを抑えられなかった。

第四章

エーリアルがドラゴリアン王国を訪れてから四ヶ月ほどが過ぎた。

セイファスは政務に忙しい中、よき父親でもあって、時間が許せば育児に手を貸してくれている。

昼間はほとんど会議や視察に出て多忙なのに、わずかな時間を見つけてはドラコー王子と過ごす機会を作って楽しんでいた。

そんな気遣いのある夫に対し、エーリアルは密かに感銘を受けていた。

もちろん自分自身も正妃の立場として夫に同行する行事もあるが、それでも二人が一緒にいられる時間は限られている。

夜はいつも同じ寝室で休むが、毎日身体を求められることはなかった。

ただ、抱かれる日は制御できない様子のセイファスに時間をかけて翻弄《ほんろう》され、徐々に好みの身体に変えられていることを実感している。

その理由は、回数を重ねるたび、性感帯が増えていくのがわかるからだ。

昼間に、うっかり夜の甘い営みを思い出しては腰が疼いたり頬が赤くなったり、そういうことが何度もあって、自分を恥ずかしく思うがどうしようもなかった。

そんなふうに、セイファスと過ごす毎日は本当に新鮮で甘やかで、ドラコー王子との時間は忙しくても楽しくて仕方がない。

だからこの頃、エーリアルは自分の立場を忘れそうになる。

そのたび、最初にセイファスが言った言葉を再認識する。

自分はあくまで、『セイファスの妻で正妃という立場』を演じているだけなのだと。

勘違いしてはいけない。

なのに最近は本当に心が浮ついて、一日に何度も自分を戒める努力をする必要があった。

「エーリー。お～にく～。あ～」

三人での昼食のテーブルで、エーリアルがオーブンでじっくり焼いた仔牛の肩肉にフォークを刺し、かじりついているドラコー王子。

最近になって幼児食を卒業し、父母と同じものを食べられることが嬉しくてしょうがない様子だ。

でもフォークの使い方が苦手らしく、どうしてもポロポロとつけ合わせをこぼしてしまう。

「食べれぇない～。落ちた～。あ～ん、するぅ！」

もう走ったり跳ねたりは充分できるのに、どうも手先が不器用らしく、エーリアルは笑いをこらえてしまう。

「あ〜んはだめ。自分でちゃんと食べる練習をしなくちゃいけません」

「むぅり〜。む〜っ」

つけ合わせのニンジンやエシャロットに上手くフォークが刺せなくて、何度も試みては皿から落としてしまうのを見かね、つい手を貸してしまった。

(はぁ…ちゃんと自分で食べられるようにするのも練習なのに…僕はやっぱり甘すぎるよな…)

王子にお願いされてうっかり手助けしてしまい、直後に反省している様子のエーリアルを見て、セイファスは密かに微笑んだ。

「赤いのぉ、きらい。おいしくない!」

ドラコー王子は、ニンジンとピーマンとキノコ類が苦手のようだ。

「ニンジンは甘く煮てあるでしょう? だめです。好き嫌いをしていたら、セイファスさまのように立派な竜族にはなれませんよ」

「ん〜! でぇも、きらい〜」

実は王子のことで、この頃エーリアルはさらに頭を悩ませ、焦っていることがある。

それは王子が、未だに竜へと変化する兆しすら見せないことだ。

「まず〜い。ニンジ〜ン、きらぁい!」

「王子、ちゃんと食べないとパイナップルのキャラメリゼは、王子のお皿に遊びに来ませんからね」

「や～ぁ！　ぶ～！」

ピンクのほっぺたが、怒ってぷうっとふくらむ様子は本当に愛らしくて、セイファスとエーリアルは顔を見合わせて微笑んだ。

「まぁ、俺も子供の頃はニンジンが苦手だったから、ドラコーの気持ちはわかる」

「そうなんですか？」

ニンジンが苦手な子供時代のセイファスの姿を、エーリアルは思わず想像してしまう。

（ふふ、面白い。ニンジンが嫌いなセイファスさまだなんて…可愛い）

エーリアルがクスクス笑うと、ドラコー王子も同じように笑う。

最近は成長過程の一つで、エーリアルの言葉や表情、仕草を真似ることが多くなった。

「そうだエーリアル、今日は昼食のあとでめずらしく政務がないんだ。だから一緒に東の丘に建つ別荘まで出かけようかと思う」

「え？　本当ですか？」

「あぁ」

（なんだろう。セイファスさまってば、意味深な笑顔だな…でも）

「すごく嬉しい！　王子、午後はお出かけしましょうね」

急な嬉しい申し出にエーリアルは瞳を輝かせ、ドラコー王子は椅子から飛び降りてセイファスに飛びつき、嬉しさのあまりか、その腕にかじりついて父に悲鳴をあげさせた。

午後、二人がセイファスに連れられて訪れたのは、城の東側に位置する切り立った丘に建つ古い別荘で、そこは代々、王族が家族を連れて休暇に訪れる場所だった。

初めてドラゴリアン王国に足を踏み入れたとき、城の内外を案内してもらった際にここにも来たから覚えていたが、建物は長い間手入れされずに傷んでいて、広い庭には雑草が生え放題といった有様だった。

ドラコー王子を抱いたエーリアルは、セイファスに手を添えられて馬車を降り、大きな屋敷を見あげて驚きの声をあげた。

「あぁ！　ここは、ずいぶん綺麗になりましたね」

この数ヶ月の間に、別荘は見違えるほど美しく修繕されていた。

「あれから屋敷の手入れをしたんだ。この別荘は家族の大事な思い出の場所だからな」

「そうなんですか？」

「子供の頃、よく父に連れられて遊びに来ていたが、思い出が多すぎて……父が亡くなってからは、俺もジャスティンも自然と足が遠のいてしまったんだ…」

大切な家族との楽しい思い出が多いほど、失ったあとの哀しみが増大するつらさは、身をもって知っている。

(僕もお母様が亡くなったときは、とてもつらくて…乗り越えるのに時間がかかった。だからセイファスさまのお気持ちは本当によくわかる。少しでも支えになりたい…)

だからエーリアルは、セイファスの大事な思い出に寄り添うよう、彼に寄り添った。

「セイファスさまにとって、ここはとても大切な場所なんですね」

「そうだ。修繕には時間がかかったが、大工たちの功績で見事に昔の姿を取り戻した。だからまた、ここで新しい思い出を作りたい。ドラコー王子と…エーリアル、おまえと一緒に」

つらい思い出は、楽しい色を塗り重ねていくことで薄れていくものだ。

「はい、私でよければ喜んで…」

見つめ合った瞳には、同じ傷みを乗り越えてきた者だけが持つ強さと弱さが見て取れた。

「では今日の午後は、ここでゆっくり過ごそう」

「はい」

国王の到着を、今か今かと待っていた別荘の管理人や召使いたちが、夫妻と王子を快く出迎えてくれる。

「国王さま、王妃さま。ようこそお越しくださいました」

「セイファス王、テラスにお茶の準備ができております」

「ありがとう。ではエーリアル、まずは裏庭でお茶を楽しむことにしよう。さぁ、こっちだ」

わんぱく盛りのドラコー王子は、初めて連れてこられた別荘に興奮し、手足をばたつかせてエーリアルの腕から脱出した。

「あっ、王子！」

そのまま、まるで先導するように先頭に立って、裏庭へと続く脇道を駆けていく。

「ほら、そんなに走ったらまた転びますよ。ドラコー王子」

ドレスの裾をつまみ、急いであとを追うエーリアルの足下の方が実は危なっかしくて、夫妻に同行してきた執事も衛兵もハラハラして見ているようだ。

「王妃さま、お気をつけくださいませ」

「はい、本当にそうですね。この靴は走るのに向いてないので私の方が転びそうです」

気づかう召使いたちを振り返り、苦笑して答えた。

「わ～ぃ！　お花いっぱ～！　ちょうちょもいっぱい。エーリ、お空にきいろのちょうちょ！」

ずっとドラコー王子の背中を見て追いかけていたエーリアルは、その声でようやく顔をあげる。

そして…裏庭の景色を見て、息を呑んだ。

「えっ！　………ここは…いったい？」

眼前に広がっているのは、あたり一面の花畑だった。

それは花の種類ごとに分けて違う花壇に植えられていて、遠くからの眺めはまるで色鮮やかな絨毯の模様のようにも見える。

（パンジーにスミレ、それからガーベラにチューリップ。どういうこと？　ここはまるで、母と一緒に毎日丹精を込めて手入れしていた、イングラッド王国の古城の庭みたいだ！）

「どうだ？　気に入ったか？」

（まさか、これは……セイファスさまの計らいってこと？）

「あぁ…セイファスさま！」

とたんに、胸に熱いものが込みあげてくる。

「少し前、エーリアルが俺に話してくれただろう？　おまえが母と一緒に手入れをしていた花壇のことを。実は…おまえを喜ばせたくて、国中の庭師を総動員してこの裏庭を手入れさせたんだが、俺のもくろみは成功したか？」

少し前、エーリアルが風邪を引いたとき、西の古城で母と花を育てていたと話したが、それをセイファスは覚えていてくれたらしい。

「はい、驚きました。でも…本当に嬉しい。二つとないプレゼントをもらったみたいです」

「ならばよかった。それにドラコーも花や蝶が好きだからな。この丘にはいろんな種類の蝶がいるんだ。近くには、ヒバリの生息する森もあるから、この別荘にもよく飛んでくる。あいつにとっても、いい刺激になるだろう」

「セイファスさま…！」

（王子の変化が遅いことを僕が心配してるのを知って、それも気にかけてくれたんだ。なんて優しい…）

痛いところにそっと手をさしのべてくれる…そんな気づかいに、胸の中が熱くなった。

「ただ、屋敷の東側にある草原の先は、切り立った崖になっていて危ないから、そこに王子を近づけないよう我々が注意しなければならない」

「崖…ですか？　はい、わかりました。気をつけます」

なぜ崖があるような危険な場所に別荘を建てたのかふと疑問に思ったが、よく考えれば竜族は誰もが変化して空を飛べるのだから、崖など問題ないのだろう。

「セイファス王、お茶の用意ができました。さぁどうぞ」

別荘の料理人が運んできてくれたのは、香りのいいハーブティーとお菓子だった。

匂いに敏感なドラコー王子が駆け戻ってくると、さっそくクッキーに手を出す。

「そんなに焦らなくても、なくなりませんよ王子」

調理人は微笑ましく王子を見ていた。

「お茶をありがとう。すまないが、しばらくの間、家族だけにしてくれ」

裏庭のテラスにいた衛兵や従者たちに、セイファスがそう告げる。

「はい、かしこまりました。では、我々は屋敷の中におりますので、なんなりとお申しつけください」

「わかった」

三人での時間を大切にしたいセイファスが人払いをしてくれて、エーリアルは話しやすくなった。

「私もイングラッド王国にいた頃、花壇のテラスで、母とよくこうしてハーブティーを楽しみました。母は深紅の色が美しいからと、ローズティーが特に好きでした」

「そうか。俺の母上は紅茶よりワインが好きで、いつもお茶とブレンドしていたらしい。残念ながら、母は俺を産んで間もなく戦で亡くなったから、これは父から聞いた話だが」

豪傑だった母のことを話すセイファスは少し悲しげで、そして懐かしい目をしている。

竜族の女性を想像するのは多少難しかったが、エーリアルは目を閉じて思い描いた。

「きっと、強くて優しいお母様だったんでしょうね。私も一度、お逢《あ》いしたかった」

「そうだな…」

紅茶と会話を楽しむ二人の隣で、ドラコー王子は猛烈な食欲を見せていた。

「エーリー、もぉ、お菓子ないのぉ。ちょぉちょとあそぶぅ」

用意されたビスケットとクッキーを平らげたあと、王子は椅子から下りて、また元気に花壇で蝶と戯れ始めた。

「エーリー、と～り。鳥がいるよぉ。小さいの。つかまえてい～?」

「ふふ、鳥はすごく飛ぶのが上手だから、王子には捕まえらませんよ。でも、やってみてごらんなさい」

「うん!」

許可をもらい、ふにゃっと笑ったあとで、王子は少し心配そうな顔になる。

「あのね…。鳥さんは、お手々でぎゅってしたら死んじゃぅ?」

初めて蝶を見たとき、追いかけて嬉しさのあまり強く掴んでしまって死なせたことがある。

(あのとき王子は、蝶が死んだのは自分のせいだと言って長いこと泣いてたっけ)

「鳥も蝶もぎゅっとされるのは嫌いなの。だから、捕まえないで追いかけっこをして遊んだらどう?」

「うん、そぉする～ぅ」

その提案に元気にうなずいた王子は小さな手を振りまわし、エーリアルも返事の代わりに手を振り返した。

「ドラコーは、本当におまえによく懐いているな」

「セイファスさま、そうだとしたらとても嬉しいです」

お茶を飲みながらとりとめのない会話をしていても、エーリアルは花壇を駆けまわる王子から目を離すことはない。

だがそのとき、城から同行してきた執事が、急ぎ足で裏庭までやってきた。

「どうした、セバスチャン？」

「はい。ラングレー地区の領主が、来週の議会で話し合う案件を再検討したいと申してここまで来ておりますが…」

それが政治の話だったことで少し渋い顔になったセイファスに、エーリアルは快く伝える。

「セイファスさま、私たちならここで花とお茶を楽しんでいますからご心配なく。わざわざお越しになった方に会ってあげてください」

「そうか。すまない…すぐに戻るから」

急いで席を立ったセイファスと執事の背中を見送ったエーリアルは、テーブルの脇の鉢に植えられていた花に気づいた。

（ラベンダー！　これは、お母様が一番好きだった花だよ。懐かしいなぁ）

思わずしゃがみ込んで香りを嗅ぐ。

子供の頃、摘んだ花を乾燥させ、綺麗なガラス瓶に詰めて、母といくつもポプリを作った。

「本当にいい香り」

しばし母との思い出に浸っていたエーリアルだったが、ふとドラコー王子の声が聞こえないことに気づいて顔をあげる。

「え……ドラコー王子？　どこ…？」

ほんのわずか数秒、目を離しただけなのに、小さな王子の姿は花壇のある裏庭から消え去っていた。

(嘘でしょう？　あぁ、どうしよう！　屋敷の東側は崖になっていて危ないって、セイファスさまが話していたけど…まさか！)

いやな予感に襲われ急いで席を立ったエーリアルは、屋敷に沿った脇道に入っていく。

そのまま駆けていくと目の前が一気に開けていって、コスモスの咲き乱れる美しい丘が見えた。

自然の草花は背が高く、万一王子がその中にいても存在を隠してしまう。

それに、ここは遊び慣れた城の中庭と違って、城の周囲に城壁などはない。

まだ飛べもしない幼い王子が崖から落ちようものなら、間違いなく命を落とすだろう。

「王子！　ドラコー王子！」

なだらかな丘を駆け登りながら懸命に探し続けていると、紫色の大きな蝶が二匹、ひらひらと空に舞っているのが見えた。

「めずらしい蝶……もしかして、王子はあの蝶を追っていったのでは？」

エーリアルはようやく、そのことに気づいた。

目をこらすと、背の高いコスモスの花の間から、小さな手が蝶に向かって伸びているのがわかる。

「見つけた！」

ようやく姿をとらえたのに、エーリアルは顔色を変えた。

王子が蝶を追いかけていくその先は、崖になっていると聞いていた場所だからだ。

「ドラコー王子、そっちに行ってはだめ！　戻って！」

必至で叫びながら、紫の蝶を目印にして追いかけていく。

その声は、室内で話をしていたセイファスの耳にも届いていた。


エーリアルは走って走って、ようやく目前に小さな王子の背中をとらえた。

「ドラコー王子！　戻って。そっちはだめ！　王子っ」

夢中で蝶を追っているせいで、誰の声も聞こえないらしい。

その背に、あとわずか手が届くと思った瞬間のことだった。

一瞬にして、小さな身体が崖から落ちる。

「待って。だめ！　王子！」

エーリアルの手が間一髪、王子のシャツの襟を摑んだが…。

同時に、エーリアルの足が崖を踏み外してしまう。

「あっ！」

（だめだ。落ちるっ！）

「エーリアル！」

騒ぎを聞きつけて駆けつたセイファスだったが、遅かった。

彼の眼前で、二人は崖から落下してしまい…。

それを目の当たりにした瞬間、セイファスは緑竜へと変化したが間に合わなかった。

崖を睨んだまま、唖然《あぜん》とするセイファスと従者たちだったが…。

「エーリアル…ドラコー！　あぁ嘘だ…そんな！」

セイファスは、息をするのも忘れて前方を睨《にら》みつけている。

その姿はあまりに悲壮で、誰も声をかけられないほどだった。

だが…。

「……セイファスさま、聞こえますか？　あの音は…いったい？」

執事の指摘に静かに耳を傾けると、崖下の方向からわずかに羽ばたくような音が聞こえてくる。

「まさか！」

やがて彼らの視界に、懸命に羽ばたく小さな翼だけが見え、そのあと、崖下から二人の姿がふわっと浮きあがった。

「ドラコー！　エーリアル…！」

セイファスたちが見守る中、なんと人の姿のまま、小さな翼だけを背中に生やしたドラコー王子が、エーリアルの帯を摑んだまま、セイファスのもとに飛んで戻ってくる。

「ドラコー、おまえ…！　その姿は…！」

帯にぶらりと吊られた格好のエーリアルは、崖から落ちた恐怖と、ドラコー王子が突如変化した喜びの両方に驚愕《きょうがく》したまま、声もなく運ばれてきた。

「あのね、エーリーがぁ、はしっこから、おっこちたのぉ。あぶないねぇ」

安堵したセイファスは人の姿に戻る。

その腕にエーリアルをそっと下ろすと、王子はパタパタ羽ばたきながら、にかっと笑った。

するとその頭上を、先ほどの紫の蝶がまたひらひらと飛んでいく。

「あ、まってよぉ。ぼくも飛べるよ、いっしょ～」

生えたての翼を元気に動かして、すぐに追いかける。

まだ上手く飛べなくてフラフラして危なっかしいが、飛べることが嬉しくてたまらないといった様子だった。

セイファスは腕の中のエーリアルをそっと草原の上に下ろすと、無事を確かめるように瞳をのぞき込んだ。

「エーリアル…大丈夫か？」

「はい。ご心配をかけましたが、私はなんともありません」

エーリアルがなんとか笑みを向けると、そのとたん、セイファスは乱暴にその腕を引き寄せて掻き抱いた。

それを見たセバスチャンは国王夫妻に気を利かせ、召使いたちを伴って屋敷に戻っていく。

「あっ！　あの…セイファス…さま……？」

「まったく。おまえは、なんて無茶なことを！」

あまりに強い力で抱擁されて、息ができない。

「セイファス…さま。ぁ…の。少し苦しい…です…」

そう訴えても力は加減されることもなく、むしろもっと強く締めつけられた。

「もしもドラコーが変化しなかったら、おまえは今頃死んでいたかもしれないんだぞ！」

彼の言う通りで反論の余地もない。

「申し訳ありません。私はただ…夢中で、身体が勝手に動いてしまったんです。でも、確かにセイファスさまのおっしゃる通り、無茶なことをしました」

重いため息を返されて、エーリアルは言葉もなかった。

「おまえにはドラコーの母親代わりを申しつけたが、すでにその想いは本当の母のそれのようだな。だが、エーリアル。もう二度とこんな無茶はするなよ」

肩口にセイファスの顔が埋められて、エーリアルは気づいてしまう。

（え？　セイファス、さま…？　まさか震えてる？　でも、いったいどうして？）

「聞こえているのか？　二度とあんな無茶をするんじゃない」

(そうか、セイファスさまは、僕のことをすごく心配してくださっているんだ…)

「はい…わかりました。二度と無茶はしません。誓います」

「よし」

ようやく抱擁が解かれ、肩を摑んで正面から瞳をのぞき込まれる。

「あの、セイファスさま」

「なんだ」

「…私の不注意で、ドラコー王子を危険な目に遭わせてすみませんでした」

「……いや、おまえのせいばかりではない。家族だけで過ごしたくて、裏庭から人払いをしたのは俺だからな。俺の方こそすまなかった」

「セイファスさま…」

改めてセイファスが妻をよく見ると、靴は両方ともヒールが折れ、ドレスは裾が裂けて腕にはひっかき傷ができていた。

ドラコー王子を追うことに必死だったからだ。

「本当に無事でよかった。さぁエーリアル、着替えたらテラスに戻って改めてお茶にしよう」

並んで歩き始めたとき、エーリアルはいつものようにお得意の質問をする。

「あの、セイファスさま。私、大変な勘違いしていました。竜族が変化するときは、てっきり全身が竜の姿に変わるのだと思っていましたが…違うんですね」

たった今、怖い思いをしたはずのエーリアルだが、それよりも王子が中途半端に変化したことに一番驚いている。

そんな妻の質問を聞いたセイファスは、苦笑しながら言った。

「ははは、それでこそエーリアルだな。実は俺も驚いているんだ」

「なにをです？」

「俺もジャスティンも、初めて変化したときは一気に完全な竜の姿になったと聞いているんだ。だが、ドラコーは違うようだな。もしかすると、人間の母を持って生まれたことが原因かもしれないな。まぁ、変化が始まったんだから、もう心配ないだろう」

「確かにそうですね。よかった。でも…」

ずんぐりむっくりの幼児体型を維持したまま、背中に可愛いくも立派な翼が生えるという、どうにも中途半端な姿に変化したドラコー王子。

「でもまぁ、よく見れば今の姿の方が可愛いかもしれませんね」

まじまじと王子の容姿を吟味してつぶやかれた本音に、セイファスはこらえきれずにまた笑った。

「竜族の跡継ぎとして考えるなら微妙な姿だが、確かにあれも可愛いな」

二人はくすくすと肩を揺らした。

「あ～もう。なんだか、あんなに王子の変化が遅いことで悩んでいたのが馬鹿みたいです。きっともう少ししたら、完全に変化できるような気がしてきました」

「間違いないな。だがまぁ、なにはともあれ…」

「「…翼が生えてよかった」」

二人の声が重なった。

その夜、セイファスは恐ろしい夢にうなされ、夫婦の寝台で目を覚ました。

飛び起きてすぐ隣を確認し、そこにすやすやと眠るエーリアルの姿を見つけると、ようやく胸を撫で下ろす。

「あぁ、夢でよかった」

セイファスが夢に見たのは、崖から落下して命を落とす妻の悪夢だった。

夢の中で、その亡骸《なきがら》を抱いて嗚咽《おえつ》する自分を思い出し、ゾッと背筋が凍る。

「もしも今日、別荘の崖でエーリアルを失うことになっていたら、俺は今頃…気が触れていたかもしれない」

眠るエーリアルの頬をそっと撫でると、とたんに胸に愛おしさが募った。

「エーリアル、俺は二度と、おまえを危険な目に遭わせはしないから」

すでに自分の中で、エーリアルはなくてはならない大事な存在になっていることを、改めて実感する。

「こんな気持ちは、初めてだ…」

幼少時代は父から帝王学を学び、王位を継承して以降は国家のため、政務に奔走してきた。だから恋愛など常に二の次で、誰かを本気で愛したことなどなかった。

でも、今は違う。

こんな感情は覚えがなく、慣れていない自分はどうしていいのかわからない。

さらに困ったことがある。

セイファスが最初、エーリアルを妻に迎えるときに伝えた言葉。

『おまえは花嫁となって俺のものになるが、本当に俺を愛する必要はない。要するに、お飾りの王妃役を演じてくれれば、俺はそれで結構だ』

だが今、セイファス自身が、その約束のせいで難しい立場に追いやられている。

「俺を愛さなくていいと…そう言ったのに。俺の方が…エーリアル。すでにおまえを…」

セイファスは寝台を下りると、棚のワインを持ち出して瓶のまま呷《あお》った。

「だが、エーリアル。たとえ偽りの夫婦であっても、俺は絶対におまえを手放さない」

その不器用な想いは歪《ゆが》んだ独占欲を生み、さらにそれが強い意志へと変わっていくのをセイファスは感じていた。

第五章

一歳になったドラコー王子は、完全な変化も自在にできるようになって、ますます元気いっぱいで、エーリアルも子育てに日々奮闘している。

「セイファスさま、お帰りなさいませ」

夜の十時をまわって、ようやくセイファスが政務から戻ってきた。

「エーリアル、毎晩こんな時間まで起きていなくてもいいと言っただろう？　おまえもドラコーの世話で疲れているんだから先に休め」

「いいえ、私は王子のお世話では疲れていません。苦労はしますけど楽しいんです」

育児を楽しむというエーリアルらしい考え方に、セイファスも賛同する。

「そうだったな」

「それに、セイファスさまのお顔を拝見しなければ眠れません」

何気ない言葉が嬉しかったのか変な方に誤解したのか、セイファスはにやりとして首を傾げる。

「なんだ？　最近は政務が忙しくてご無沙汰《ぶさた》だからか？　抱いて欲しいなら、俺はいつでも大歓迎だぞ？」

妙な誤解をされて一気に頬を染めたエーリアルは、焦って手を振りながら懸命に否定した。

「ち、違います！　お疲れのご様子だから、身体のことが心配なんです。決して夜の…その……あの…」

こういう初心なところが男心をくすぐることに、本人が少しも気づいていないところが、エーリアルの魅力なのかもしれない。

「あははは！　まぁいい。それより、おまえにプレゼントがある。今日、セグリア領の街の商店で見つけたんだが、おまえに似合うと思って」

セイファスに手渡されたベルベットの巾着袋《きんちゃくぶくろ》を広げると、中から真鍮《しんちゅう》製の古い懐中時計が姿を現した。

「あぁ、素敵！　年代物の機械式懐中時計ですね。すごく嬉しいです！」

エーリアルは、さっそく蓋を開いて文字盤を確認する。

ステムを引っ張り上げ、慎重にゼンマイを巻きあげると、時計は時を刻み始める。

「とてもいい音。それに、蓋の模様も凝っているし針の形も洒落ていますね」

「気に入ったようでよかった。本体の金色が、おまえの髪の色に近いと思ったんだが、予想通りだった」

セイファスはこんなふうに、時々ふと思いついたようにプレゼントを買ってきてくれる。

ただ、エーリアルはそのたびに繰り返し思った。

(僕はただの契約花嫁なのに、セイファスさまはどうしてこんなに優しくしてくれるんだろう?)

その好意は嬉しいけれど、このままだとあらぬ勘違いをしてしまうことになりそうで、少し怖かった。

もしかして、自分はセイファスに本当に愛されているのではないか…? と。

(このままだと、僕はセイファスさまを本気で好きになってしまうよ)

だから、エーリアルは怖くてたまらない。

(もしかしたら、もうとっくにセイファスさまを好きになっているのかもしれない? 馬鹿だな…)

最近は、セイファスに優しくされるたび、同じことを何度も自分に言い聞かせている。

自分はあくまで、契約花嫁という立場だということ。

(こんなに優しくされるのは嬉しいけど、正直……つらいよ。セイファスさまは、僕をどう思っておいでなのか?)

こんなふうに思わぬ贈り物をもらえば、誰でも勘違いしてしまいそうになる。

「どうしたエーリアル? 浮かない顔だな。懐中時計はおまえの好みじゃなかったか?」

そんなことを問われて我に返って顔をあげると、心配そうなセイファスと目が合った。

エーリアルはあわてて否定する。

「いいえ違います。この懐中時計は、イングラッド王国ではほとんど見かけない凝った細工の加工と、文字盤に飾られた碧色のサファイアがめずらしくて本当に気に入りました」

そう答えると、セイファスはひどく満足気にうなずいた。

「知ってるかエーリアル？　俺がおまえを気に入っているところは、好き嫌いを語るとき、どこが好きでどこが嫌いなのかを明確に説明してくれる点だ。そういう自然な観察力のある者は、たいがい政治に向いていることが多い」

「まさか、ご冗談を。でも…誉めてくださって光栄です」

照れ笑いを見せながら、エーリアルは謙遜《けんそん》する。

(僕のどんな部分でも、セイファスさまが気に入ってくれているなら嬉しい)

「いやいや、俺はいたって本気だぞ。出会ったときにも思ったが、おまえは普段から周囲のものに対して常に洞察力を発揮していて、その上で次にどう動けば正しいのかを見極めて行動している。そういうことが無意識にできる者は少ないし、だからこそ政治に向いている」

「お誉めいただき光栄です。では将来、私はセイファスさまのよき片腕となるかもしれませんね」

まだ冗談だととらえて笑っていると、急に表情を曇らせたセイファスにいきなり抱きしめられる。

「あっ……！」

「そんな可愛い顔をして笑うな」

突然の抱擁に驚いているエーリアルの唇が強引な口づけでふさがれた。

セイファスに性急に舌を差し入れられ、味わうように口腔内を舐められる。

濡れた水音が室内に響くと、鼓膜からも性感を刺激されたエーリアルの足は、力を失って膝から崩れ落ちた。

「あ。ぁ…セイファス、さま……」

いつもなら腰を抱いて身体を支えてくれるのに、今夜の彼は意地悪で、エーリアルは必死でシャツを摑む。

「どうしたエーリアル、泣いたみたいに目が濡れているぞ？」

見あげると、さらに瞳をのぞき込まれる。

「そんな…こと、ありま…せん…」

「洞察力のあるおまえなら、俺が今…なにを求めているのか、わかるだろう？」

「んっ…ん」

今度は嚙みつくように激しく口づけられ、ねっとりと舌が絡まって吸われて、セイファスの行為の荒さと性急さに、なぜか胸が高鳴った。

「では、政務で疲れた夫を、今からこの身体でじっくり慰めてくれ。さぁ、寝室に行こう」

「はい…」

軽々と抱きあげられて寝室に連れ去られる束の間《つかま》、エーリアルは甘い想像をふくらませながら、意識的に幸福感を胸にかき集める。

そうしなければ、次々と不安な想いが湧きあがってくるからだ。

最近、己があまりに幸せすぎて、だからこそ怖くなる。

セイファスが言っていたように、確かにエーリアルは人一倍の洞察力がある。

危険を予測してそれを回避するよう試行錯誤して上手く立ちまわる。

エーリアルは、それを自然とやってのけた。

だが想像力があるというプラスの面は、裏を返せばひどく心配性ということでもあり、その二つはまさに表裏一体といえる。

そんなエーリアルだからこそ、この頃は今の幸福な毎日が終わる日が来ることを頻繁に想像してしまう。

今は同性しか愛せないと語るセイファスも、この先、いつか女性を愛せるようになるかもしれない。

そうなれば、契約花嫁という立場で彼のそばにいる自分は、いったいどうなるのだろう
「は…い。わかります…」

か？

イングラッド王国で側室だった母が、いつしかエド王から忘れ去られたように、自分もいずれはどこかの別荘に追いやられるかもしれない…？

「どうした？　今夜のおまえはおかしいぞ。どこか浮かない顔をしている。なにを考えている？」

やわらかな敷布の感触が背中を包んだとき、エーリアルは暗い思考の渦中から現実に戻ってきた。

気がつけば、いつの間にか寝台の上で、セイファスに組み敷かれている。

「心配事でもあるなら、正直に話してみろ」

「……いいえ、いいえ。心配事など…なにもありません」

今の自分なら、エド王の正妃が、側室が産んだ男児の暗殺を謀《はか》ろうとした気持ちが少しは理解できる。

「エーリアル、どれだけ浮かない顔をしていても、おまえは本当に美しいな…」

しばらく妻を見おろしていたセイファスは、なぜか一転して優しいキスをエーリアルの頰に落とし、そのまま寝台を下りた。

「え？　あの、どうかされましたか？」

エーリアルは戸惑いを深める。

「おまえも疲れているようだから、今夜は一緒に湯浴みをしてから眠ろう。さぁ」

こんなに優しい配慮をされたら嬉しくて、今よりもっと哀しくなってくる。

「……はい」

（セイファスさまに優しくされればされるほど、僕はつらくなってしまう…）

エーリアルはこぼれてしまった涙を、急いで袖口でぬぐって隠した。


「ドラコー王子？　どこに隠れたの？」

午後の昼下がり。

エーリアルは王子にせがまれ、城の中でかくれんぼをしている。

最近、富に好奇心が旺盛な王子は遊びたくて仕方ない様子で、本当にじっとしていることがない。

「こ～こだよぉ。見つけて、エーリー」

広い城内で意気揚々と隠れ場所を探す王子はすばしっこくて、なかなか追いつけない。

かくれんぼなのにエーリアルが近づくと走って逃げて、また別の場所に隠れてしまう。

それでもまだ一歳の幼竜のすることは可愛らしく、隠れても翼がばっちり見えていたり、ここだよと大きな声で呼ぶので簡単に方向がバレてしまったりした。

すぐに見つけてはかわいそうなので上手く騙《だま》されてやりながら、エーリアルは王子を探し続けていた。

「こっち〜。ここ〜」

廊下を歩いていると、明らかに声がするのは地下室に下りる階段の下からで、それに気づいたエーリアルはいやな予感に襲われる。

この下にあるのは、一度だけセイファスに連れられて入った、魔女イザヴェラとの戦で得た戦利品が収められた部屋だった。

そこに入ったとき、エーリアルは心底からゾッと悪寒がしたことを覚えている。

「王子、地下室に入ってはだめだと、前々からセイファスさまが注意していらっしゃるでしょう?」

だが、階段を下りるとすでに地下室の扉が開いていて、エーリアルは仕方なく一歩足を踏み入れる。

やはり入室した瞬間、背筋がゾッとして全身に鳥肌が浮かんだ。

竜族を惨殺した魔女の恐ろしい話を聞いたことが原因だとわかっているが、尋常ではないほど手も足も末端から冷たくなっていく。

「王子、早く出ていらっしゃい。ここはだめです」

おそるおそる室内を奥の方まで歩いていくと、魔女が占術に使うという、例の水晶玉が飾り棚に置かれている。

「あ……」

この水晶玉は本人が望めば見たい場所を映し出し、魔女が呪文を唱えれば、たとえどこにいても魔術がかけられるとセイファスが教えてくれた。

だがすでに魔女は絶命したため、今はもう悪いことはなにも起こらないと聞いていたし、実際にセイファスが触れても変化は起こらなかった。

(でも……なぜかな。今日は、この水晶玉がすごく怖いよ…)

あまりの悪寒で、すぐ隣にドラコー王子が立っていることにさえ、エーリアルは気づかないほどだった。

「エーリー、これなぁに？　なぜぇ、じぃっと見てるの？」

手を繋がれて、大げさなほどビクッと肩が揺れてしまう。

「……？　ねぇどうしたのエーリー？　だいじょぶ？　これ、こわいの？　でも、とぉってもきれいだね」

キラキラしたものが好きで好奇心旺盛な王子にとって、この水晶玉はひどく魅力的に見えるようだ。

だから、小さな両手をそっと伸ばして手に取ってしまう。

「王子、触っちゃだめ！」

エーリアルにしてはめずらしく危機感を煽《あお》るような鋭い声での忠告だったため、王子はびっくりして、一旦は手にした水晶玉を落としてしまった。

「あっ！」

幸い背の低い王子が落としたため落下距離は短く、割れることはなかったが、水晶玉は床で何度か跳ねたあと、そのまま転がっていく。

「エーリー…おっことしちゃった…あの…すごくごめんなさい。もう僕、あっちいく～」

さすがに大事なものを落としたことはわかるようで、王子はしゅんとしてしまった。

「そうだね。幸いなことに、割れてないから大丈夫。でも、もうこの地下室から出ましょう。さぁ、階段をあがって」

「うん。わかった」

開いたままの扉から出ると、王子はしょんぼりと階段をあがっていった。

「はぁ…水晶玉が割れなくてよかった。でも、これを元の場所に戻さないと」

（…でも、なんだろう。本当に、触るのが恐ろしくて仕方ない…）

床を転がっていって、壁際で止まったままの水晶玉。

エーリアルは怖々とそれを持ちあげて運んで元の棚に置き、急いで部屋を出ようとした。

だがそのとき…予想外の事態が起こってしまう。

「え？　嘘でしょう？　どうして…」

驚くことに、水晶玉はこの地下室ではない、どこか別の場所をその表面に映し出している。

「これは、どういうこと…？」

漠然とした恐怖から、エーリアルは少しずつあとずさっていく。

だがどういうわけか、視線を水晶玉から外すことはできなくて…。

そのとき、信じられないような恐ろしい光景が、透明な水晶玉の表面に浮かびあがってきた。

「あぁ、そんな。これはなにかの間違いでしょう？　城が…街が…燃えている！」

炎に包まれているのはドラゴリアン王国の城郭、そして城下町の店や家々。

人々は迫りくる炎から逃げ惑い、泣き叫んでいた。

「これは？　どういうこと？　予言？　それとも……」

そのとき、炎で真っ赤に染めあげられた空を、大きな翼を広げた緑竜が、なにかを探すかのように旋回して飛んでいる。

山の麓の上空へとさしかかった直後、今度は真っ直ぐに下降していき、なにかを追うように林の中を低空飛行し始めた。

「緑竜は、誰かを追って飛んでいる？　でも、それは…いったい誰？」

エーリアルが疑問を口にすると、まるでそれに応えるよう、水晶玉はすぐに緑竜から逃げる者の姿を映し出す。

それは、不気味なほど長くて真っ黒なローブをまとった、うら若い女性だった。

彼女は険しい山道をものともせずに駆けあがっていくが、突然吹いた強風によってローブがめくれあがる。

「あ！　なんてひどい怪我…！」

ローブに覆われて顔は見えなかったが、ところどころが破けた服の下からのぞく肌は抜けるほど白く、肩にも腕にも足にも裂傷を受けて出血していた。

おびただしい血は走るたび大地にしたたり落ち、その血の臭《にお》いを頼りに緑竜は女性を追い詰めていく。

みるみる距離が縮まっていき…やがて水晶玉に見覚えのある山の遠景が映し出された。

「あれは……ゾゾ山？　では、まさか…この女性は…！」

エーリアルは息を呑む。

『俺から逃げられると思うのか？　逃げずに戦え、イザヴェラ！』

緑竜の呼びかける声でわかった。

追跡から必死で逃げているのは、ドラゴリアン王国の城郭や街を焼き払って竜族を惨殺した恐ろしい魔女、イザヴェラ。

「でも、どうして？」

だとすれば、イザヴェラを追い詰めるこの緑竜は、まさしくセイファスの父。

「では…この景色は、十数年前の戦の様子？」

エーリアルはワケがわからなくて、少し前にこの地下室でなにがあったのかを思い出す。

先ほど、水晶玉に触ったのは、ドラコー王子と自分だけだ。

では、なぜこんな映像が映し出されるような事態になったのか？

わからない。

魔女イザヴェラが死んで、水晶玉にはもう魔力などないはずなのに……。

エーリアルは目をこらして、水晶玉が見せる緑竜と魔女の死闘を見つめる。

『イザヴェラ、ゾゾ山の洞窟に逃げても無駄だ。おまえの負った怪我では、どこに逃げてももう助からない』

やがて魔女は追い詰められ、イングラッド王国へと抜けるあの洞窟に逃げ込んでいく。

ヒース王はさらにそれを追っていくが、闇が魔女に味方をして、緑竜はイザヴェラを見失ってしまったようだ。

「魔女は…どこに逃げたの？　お願い、魔女の姿を映し出して見せて！」

水晶玉は、すぐにエーリアルの願いを聞き届けてくれる。

なんとか緑竜の追跡を逃れた魔女は、最期の力を振り絞ってあたりに結界を張った。

そして突如、意味のわからない呪文を唱え始める。

それがしばらく続いたあと、イザヴェラは恐ろしいことを口にした。

『ヒース王の子、ドラゴリアン王国の跡継ぎたる者が成人し、彼を心から愛する者が現れたとき、水晶玉の呪いが跡継ぎたる者の命を奪うだろう』

直後、魔女は炎に包まれ、結界とともに青白い光となり…。

その後、猛烈な閃光《せんこう》と風が離れたところにいたヒース王をも吹き飛ばし、洞窟の壁に激しく激突させてその翼を折った。

しばらくして、あたりに再び静寂が訪れると、血だらけになったヒース王の姿が水晶玉に映し出されて…。

だがそれを最後に、水晶玉は白い霧に覆われてしまい、すべての景色が消失してしまった。

「そんな…嘘でしょう！」

今、見せられたのは、まさしくヒース王と魔女の最期の直接対決。

（どうしよう。身体の震えが止まらない……。ドラゴリアン王国の跡継ぎとは、すなわちセイファスさまのことだ）

エーリアルは、誰も知らなかった新たな真実を知ってしまった。

魔女イザヴェラが、死の淵《ふち》で最期にかけた呪《のろ》いの魔術。

（セイファスさまを心から愛する者が現れれば、命を落としてしまうなんて！）

「あぁ、私はどうすれば…！」

自分がセイファスを愛し始めていることに気づいているエーリアルは、浅い息を繰り返しながら、得意の想像力を発揮して近い未来のことを予見する。

(僕がセイファスさまのおそばにいれば、いずれあの方の命を奪うことになる…)

答えは簡単で明瞭《めいりょう》だった。

「取り返しのつかないことになる前に、急がなくては…!」

エーリアルは地下室を出て階段を駆けあがると、自室に入って机の上に走り書きの手紙を残す。

そして黒い外套《がいとう》をかけ、城下町で食材を買うためのわずかなお金を持って部屋を出ると王子を探した。

「ドラコー王子。いらっしゃい」

「あ、エーリー! かくれんぼのぉ、つづきは?」

廊下で遊んでいた王子を抱きあげると、そのまま乳母の部屋に急ぐ。

「エーリアルさま? どうなさいました?」

昼食の時間から夜まで、王子の世話はエーリアルがするのが日常だった。

驚くベケットが説明を求めると、明日の昼食のための食材を城下町で買いたいのだと理由を伝え、ドラコーを預ける。

「エーリー。やだ! いっちゃやだよぉ…エーリー!」

子供の勘なのか、自分の名を呼び続けるドラコー王子を残して、エーリアルは乳母の部屋をあとにする。

（早く、一刻も早く、どこか遠くへ行かなくちゃ！　僕がセイファスさまに見つからない場所まで逃げられたら、あの方は死なずにすむんだから）

人目を避けて厩舎《きゆうしや》に入ったエーリアルは、駿馬《しゆんめ》にまたがって城壁の外門へと走らせた。

「エーリアルさま、今からお出かけなんてめずらしいですね。どちらへ？」

門番をしている衛兵に声をかけられるが、これは想定内。

「えぇ。実は、明日の昼食に使う食材を買い忘れたので、城下町まで行きたいんです」

「わかりました。では、同行する衛兵を呼びますので少しお待ちください」

王妃が一人で城の外に出かけるなどあり得ない。

すぐにつき添いの衛兵が現れ、彼に馬を引いてもらって一緒に城下町に向かった。

街で一番人気のパン屋の前まで来ると、エーリアルは馬から下りる。

「城の調理係が焼いてくれるパンも美味しいんだけれど、やっぱりベーグルはこのお店のものが一番なので。すみませんが、少し待っていてください」

「はい、王妃さま」

いい香りのするパン屋に入ると、エーリアルはまずマーマレードマフィンを買って、兵士にお供のお礼だと渡して、新作だから味見してほしいと頼んだ。

「ありがとうございます」

気を許した兵士がマフィンに舌鼓している間に、再び店に入ったエーリアルは、客で混雑した店の裏にある出入り口からそっと抜け出す。

外套のフードを深々とかぶると、その足でゾゾ山へと続く森へと急いだ。


南の領地を管理している領主と、ワイン用の葡萄畑を視察していたセイファスは、夕刻になってから実弟の伝令を受け、急いで城に戻ってきた。

「ジャスティン！　エーリアルが行方《ゆくえ》不明だと？　いったいどういうことだ！　ドラコー王子も一緒なのか？」

「いいえ、王子は乳母と一緒に城にいます」

出迎えたジャスティンと執事は、王妃の買い物に同行した衛兵を呼び、そのときの状況を語らせた。

「本当に申し訳ありませんセイファス王。すべては私の不注意のせいです。この上は、どのような罰も覚悟しております」

懸命に失態を謝罪する兵士に対し、セイファスは予想できない事態だったとして十日間の謹慎を命じる。

「それから…このことを、おまえはジャスティン以外の誰かに話したか？」

「いいえ誰にも。私は、ジャスティンさまにしかお伝えしておりません」

「それは賢明な判断だった。今後、王妃のことは一切他言無用だ。それから、心配するな。エーリアルはすぐに戻ってくる。さぁ、もうさがっていいぞ」

確証はないものの、セイファスはいなくなった妻を簡単に見つけ出せると確信していた。

「ジャスティン。ベケットに、ドラコーをここに連れてくるように伝えてくれ」

しばらくして王子を抱いた乳母が部屋に入ってくると、セイファスは詳細を話すよう命じる。

ベケットはひどく顔色が悪かったが、そのときの様子を詳しく話し始めた。

「ご昼食をとられたあと、普段なら王妃さまが王子とお過ごしになる時間帯なのですが、今日は突然、王子を連れて私のところにお越しになり、預かるようにとおっしゃったのです」

「そのとき、エーリアルはどんな様子だった?」

湧きあがってくる己の怒りをなんとか抑えながら、セイファスは冷静に相手から詳細を聞き出す。

「午後は王子とかくれんぼをしていらっしゃったようですが、私のところにいらしたときにはなにか動揺しているご様子で…」

ベケットの証言から誘拐の線はないと思われたが、セイファスには、エーリアルが失踪する理由が一切思い当たらない。

「王妃の失踪の理由や、行き先に心当たりはないか?」

「いいえ…残念ながら」

それを聞いてさらに落胆したセイファスは、険しい顔で室内にいるセバスチャンに告げた。

「王妃失踪の件は内密にするように。俺は今からエーリアルの捜索に出る。ジャスティン、俺が不在の間、城の護りを頼んだぞ」

「兄上、私も捜索に加わります」

「いや。人間の妻を捕らえるなら、俺一人で充分だ」

セイファスの険しい表情と硬質な声から、ジャスティンは兄が感じている衝撃と苦悩を読み取った。

「わかりました…でも、気をつけてください。助けが必要なら、いつでもなんなりと」

そして、信じていた者に裏切られ、その理由すらわからないことに、セイファスがどれだけ怒りを覚えているのかも想像できる。

「では、行ってくる」

部屋の大窓に足をかけると、セイファスは一瞬にして緑竜へと姿を変え、大きく翼を広げて夜の空に飛び立った。

ジャスティンとセバスチャン、ベケットはそれを見送りながら、王妃の無事を祈るしかなかった。

「エーリアル。いったい、おまえになにがあった？　なぜこの城から、俺から逃げる！」

セイファスは胸に渦巻く怒りと哀しみを晴らそうとするように、両翼を強く羽ばたかせた。

人間のそれと違い、竜族の聴覚はその何十倍も優れている。

その上、夜でもはっきりとものをとらえることのできる視力も持っていた。

彼は森の樹木の間を縫うように低空飛行しながら、目と耳を凝らす。

「想像はつく。おそらくは、森へ逃げたのだろう」

王妃は民衆に顔が知れているため、人が多い街などへ逃げることは考えにくい。

さすれば、どこを探せばいいのかは簡単に推測できた。

「いいかエーリアル、俺は絶対、おまえを逃がさないからな」


黒い外套に身を包んだ人影が、ゾゾ山の山頂方向に向かって黙々と歩みを進めている。

山道に慣れないようで、落ち葉で足を滑らせ、大木の根につまずきながらの歩行は困難を極めていた。

「急がないと。早く…もっと遠くへ行かなければ！」

どこに逃げても、自分が王妃だと知る国民に見つかれば、城へと報告されて連れ戻されるに違いない。

だからエーリアルはゾゾ山の方へ逃げ、自分の足で歩いて洞窟を抜けることを考えた。

ゾゾ山は他のどの山より標高が高く見失うことがないため、土地勘のないエーリアルでも目印にして歩けば必ずたどり着ける場所だ。

もちろん、洞窟を抜けることがいかに無謀な計画か、成功する確率は皆無に近いということもわかっている。

「セイファスさまは、あの洞窟を抜けられるのは竜族の者か魔女だけだと話していた…」

でもこの先、ドラゴリアン王国の誰にも見つからずに生きていくには、自分が育ったイングラッド王国へ逃げるしか方法はない。

もちろん、あちらに無事に戻れたとしても、エド王の正妃にまた命を狙われるだろう。

「…でも……おそらくそんな心配はいらないだろうな」

(本当は僕だってわかってる。あの…長く迷路のような洞窟を、人の足で抜けるなんて不可能だってこと…)

たとえ洞窟の中で落命したとしても、誰にも見つかる心配はないだろう。

(僕が死ねば、セイファスさまは死ななくてすむ。こんな僕に、幸せな居場所を作ってくれたセイファスさまに恩返しができるとしたら、僕が死ぬことくらいだよ)

「だから、とにかく遠くへ逃げなければ…」

すでに午後から夜までの半日を延々と歩き続けていたが、近そうに見えていたゾゾ山までは予想以上に距離があったようだ。

己の甘さを痛感しながらも急いでいると、頼りにしていた月明かりがなにかに遮られる。

「え…?」

こんなことは、これまでにも二度あった。

(そうだ。僕がセイファスさまと初めて会った夜と、ドラゴリアン王国に連れ去られた夜)

「まさか……」

絶望的な予感にさいなまれながら天を仰ぐと、音もなく舞い降りてくるのは、やはり伝説の緑竜だった。

「あぁ…そんな。嘘でしょう」

逃亡してからまだ半日で、これほど簡単に見つかってしまったことに、エーリアルは驚嘆するしかない。

でも、見つかってしまった以上、連れ戻されることは必至だった。

(だめだ。セイファスさま、僕は城に帰るわけにはいかないんだよ!)

「ドラゴリアン王国の正妃エーリアル、勝手に城を出て、いったいどこへ行くつもりだ?」

ついに緑竜が目の前の大地へと着地し、その大きく美しい翼をゆったりとたたむ。

(どうしよう。初めて会ったときも再会したときも、僕はこの緑竜を心底から怖いと思わなかったのに、今は彼の赤い瞳がすごく恐ろしい……)

その理由は、緑竜がまとう空気が、その計り知れない憤怒をエーリアルに伝えているからだ。

「さぁ、こんな茶番はもうお終《しま》いだ。さっさと城に帰るぞ」

有無を言わさぬ、強い命令だった。

「なにをしている？　早くこっちに来い。それとも、縛って連れ戻されたいのか？」

エーリアルはもう彼から逃げられないと観念し、緑竜の背に乗った。

「今夜は風が強い、しっかり摑まっていなければ落ちるぞ。いいな」

「……はい…」

（あぁ、セイファスさま。僕は落胆する一方で、もう二度と会えないと思っていたあなたが、こうして連れ戻しに来てくれたことが嬉しくてたまらない…）

エーリアルの胸中では複雑な想いが交錯している。

「だが、いいかエーリアル。城に戻ったら相応の罰を受けてもらうぞ。理由はどうあれ、おまえは俺から逃げた。それは紛れもない真実で、断じて許すことのできない大罪だからな」

そう言い捨てると、セイファスは背に妻を乗せ、一つ大きく翼を羽ばたかせる。

一瞬にして上空に舞いあがった緑竜は、そのまま竜族の城を目指して矢のように飛ぶ。

エーリアルはその背から落ちないよう、しっかりと緑竜の鱗に摑まっていた。

夜の森や街を眼下に眺めながら、エーリアルはドラゴリアン王国に初めて連れてこられた日を思い出してしまう。

緑竜の生贄として、いつかは殺される運命だと覚悟を決めて生きてきたエーリアルは、セイファスに連れ去られたあと、彼の妻を演じることで新たな命を得た。

(あの日から僕はずっと、王妃の役を演じているだけだということを忘れるほど幸せで…)

セイファスを好きになりかけているとわかったときに知った、驚愕の事実。

魔女イザヴェラが最期に残した、恐ろしい呪いの魔術。

『ヒース王の子、ドラゴリアン王国の跡継ぎたる者が成人し、彼を心から愛する者が現れたとき、水晶玉の呪いが跡継ぎたる者の命を奪うだろう』

もし自分がこれ以上、セイファスを愛してしまえば、間違いなく彼を死なせることになる。

だから、彼を救いたい一心で逃亡を謀ったのに…失敗に終わってしまった。

(きっと城に戻れば、セイファスは僕が逃げた理由を間違いなく訊いてくる。それに対し、僕はどう答えればいいんだろう?)

真実を話すべきなのか否か…エーリアルは迷っている。

もし、魔女にかけられた呪いの魔術の存在を知ってしまえば、この先の人生においてセイファスが苦しむことは目に見えている。

(僕はいったいどうすればいいんだろう？　逃亡に失敗した今、城に連れ戻された僕が、セイファスさまのためにできることはなにか?)

今のエーリアルには、今以上セイファスを愛することがないよう、上手く気持ちをコントロールして立ちまわるしか方法はない。

うっかり、彼に愛を囁いてしまうことがないよう…。

(だから僕は最初に交わした約束通り、契約花嫁という立場を貫いて淡々と彼に接していこう)

だがエーリアルは首を振って、己のそんな甘い考えを改める。

(いいや、そんなんじゃだめだ。もっと…そう……セイファスさまに嫌われるように仕向けなくちゃ!)

そうすれば彼から今までのような優しい寵愛を受けることもなくなり、エーリアル自身が今以上に彼を好きになることはなくなるはず。

その上で自分は密かに、イザヴェラの呪いの魔術を解く方法を解明し、セイファスを救う手段を探る。

おそらくそれが、今できる最善の方法だろう。

エーリアルが今後の身の振り方を思案している間に、緑竜は早々と城へと帰還した。

心配して駆けつけたジャスティンとセバスチャンは、無事に戻った王妃の姿を見て、ひとまずは安堵した。

だが怒り心頭に発した様子のセイファスは、そのままエーリアルの腕を摑んで王の居室へと向かう。

その様子に、ひどく心配そうな表情をした二人だったが、王のあまりの勢いに声をかけることもできず、その背中を見送るしかできなかった。

居室に入ったセイファスは、エーリアルの正面に立つと、怒りに震える低い声音で問いただした。

「エーリアル、おまえに尋ねる。どうして城から…俺から逃げたりした？　この俺が納得できるような理由を答えてみせろ」

摑まれた両肩が痛かったが、それ以上に胸がじくじくとした痛みを訴えている。

「理由なんて…特にありません。ただ私は、ここではない場所に行きたかっただけです」

（セイファスさまをお救いするには、僕が彼から嫌われるように仕向けるしかないんだ）

「ここではない場所だと？　それは、俺から離れたかったということか？」

エーリアルはドレスの胸元をギュッと摑み、らしくなく相手の顔をきつく睨みながら答える。

「ええ、その通りです。私はあなたから離れて自由になりたかった！」

その答えに、セイファスは納得できないと頭を振った。

「嘘をつくな。おまえは、いつも俺に献身的に尽くしてくれただろう？　ドラコーにもそうだ。あいつが変化しないことを本気で心配していたし、雨から庇って熱まで出したじゃないか？　俺はそんなおまえに感謝していると伝えたはずだ」

セイファスに嘘をつかなければならないと思うだけでつらいのに、ドラコー王子のことまで持ち出されると、悲しくて涙が浮かんでくる。

（本当のことを話したいよ。でも今の僕には、この芝居を続けるしか方法はないんだ）

「セイファスさま、正直に話します。私のこれまでの献身的に見えていた態度はすべて、あなたに殺されたくなくてしたこと」

エーリアルはらしくなく斜に構えると、忌々しげにそう言い放った。

「なんだって！　おまえっ……！」

これまで、一点の疑いもなくエーリアルを信じていたセイファスにとって、その裏切りは想像を絶する衝撃だったに違いない。

我を忘れるほどの怒りが彼の心を満たしていくのが目に見えるようだった。

「どうか、このまま私を逃がしてください。この城にいたら、私はセイファスさまの寝首を掻くことになるかもしれませんよ」

（いやだ！　こんなこと本当は言いたくない…セイファスさまを傷つけたくなんて、ないのに）

「……エーリアル、信じたくない！　俺は…そんなこと。だがなぜだ、いったいなぜ…おまえはそんなに俺を嫌う？」

「そんなこともわからないんですか？　私は人間です。だからいくら演技だとしても、竜の妻になるなんてごめんです。こんなことを考える私は妻失格でしょう？　セイファスさま。もしも私を逃がしてくれないのなら、いっそこの場で私を殺してください」

（僕が死ねばセイファスさまの命を救うことができる。あなたのためなら、僕は命も惜しくない）

「いいや、そんなことはできない。いいかエーリアル、俺の妻はおまえだけだ。絶対にここから逃がさない。たとえおまえが俺を嫌っていようとな！　おまえを他の奴に渡すくらいなら、一生涯この城で飼い殺しにしてやる」

「そんな…」

セイファスは赤い瞳を怒りの炎に染めて、エーリアルをその腕に抱きあげる。

「さぁ、わかったらおとなしく俺に服従しろ。その証に、今から俺にこの身を捧げるんだ」

「いやです！」

「おまえに拒否する権利はない。これは罰なんだからな。今からおまえの身体に、二度と逃げようなんて考えを起こさせないほどの罰を与えてやる」

「そんな…やめて！　下ろしてください！　いやぁぁ」

エーリアルは激しく両手両足を暴れさせて逃れようと試みるが、むしろセイファスの怒りを増幅させるようだった。

「いいかエーリアル、俺から逃げたことを死ぬほど後悔させてやる。覚悟しろよ」

(だめだよセイファスさま。あなたに抱かれたら僕は…たとえひどくされても気持ちが募ってしまうってわかる。だから、絶対に抱かれるわけにはいかないよ)

これ以上、彼を好きになることを阻止するため、エーリアルは必死で抵抗する。

「いや、放して！　やめて！　いやぁぁっ」

今まで一度として、これほど激しく相手を拒絶したことがなかったからか、セイファスはひどく傷ついているように見えた。

あれだけ従順で優しい妻の唐突な裏切りが信じられないのか、彼は怒りに任せてエーリアルを寝台に投げ捨てて組み敷いた。

「いやです！　やめてください っ！　あなたになんか抱かれたくない」

「おとなしくしろ」

「いや、いやぁ！　放して！　放してっ」

手足をばたつかせて本気で暴れて叫んだからか、セイファスは忌々しげに舌打ちすると、棚から薬の入った壺《つぼ》を持ってきた。

「どうやら本気で抵抗するようだからな。このままではおまえに怪我をさせてしまう。それは俺も本意ではないから、薬を使っておとなしくさせてやる」

セイファスが手にしたその薬は、感覚は鋭くなって意識だけが朦朧としてしまう薬で、敵を捕らえたときに尋問するために調合させたものだった。

「さぁ、飲むんだ」

「いや、いやあぁっ」

激しく拒絶すると、セイファスは仕方ないといった顔で自らが口に含み、口移しで無理やり口腔に流し込まれる。

顎を摑んで強引に飲まされてしまい…。

（いやだ…どうしよう…この薬で、僕はどうなってしまうのかな？　なんだか、すごく身体が重い…よ……）

即効性のそれはすぐに効果を発揮し始め、エーリアルの瞳はうつろになって抵抗はやんだ。

「いい子だエーリアル。おまえへの罰として苦痛を与えようと思ったが、それは俺にはできそうもない。だから今夜、俺はおまえを娼婦《しょうふ》として扱ってやることにするよ。だからおまえはこの身で俺に奉仕し、満足させるんだ。それができれば逃亡の罪を許してやる。いいな」

「……ぁ、ぁ…そんな…こと。娼婦だなんて…ぃや…です…」

「おまえのような罪人には、王に拒絶する権利などない。さぁ、まずは裸になれ。それから俺を、娼婦らしく誘ってもらおうか」

わざと傷つけるような言葉を選んでいるセイファスに、エーリアルは唇を嚙む。

（こんなことといやなのに、どうしてかな？　頭の中がぼんやりしてて、命令に従うこと以外、なにも考えられないんだ……これって、まさか…？）

　それが薬のせいだと気づいて、エーリアルは自分が抵抗する術を失ったことを知る。

「聞こえただろう？　さっさと裸になれ。全部だ」

　エーリアルはふらつく足で寝台を下りると、震える手で襟元の組紐をほどいていく。

　ブラウスを脱いでスカートを足から抜くと、肌が透けるほど薄いシュミーズ姿になった。

（あぁ…いやだ。恥ずかしい……でも、これも脱がなくちゃ……）

「なかなかいい装いだな。全裸もいいが、下着一枚というのも淫らな娼婦らしく悪くない」

　舐めるような視線にさらされながらも、エーリアルは己のシュミーズに手をかけた。

「いや、いい。そのままでいろ。恥ずかしそうなおまえを観察するのも一興だ。だが…どうした？　もう乳首が立ってるじゃないか？」

　薄いシュミーズはほぼ透明で、エーリアルのしこった乳首と、頭をもたげ始めた陰茎を隠すことなくセイファスの視線にさらしている。

「そんな…嘘です……嘘っ」

「嘘なもんか。ほら見ろ、これはどうした？　俺はまだ触ってもいないんだぞ？　なのに、おまえの真っ赤な乳首はもうこの有様じゃないか？」

　いきなり薄い布越しに両方の乳首が摘まみあげられると、エーリアルは天井を仰いで短い悲鳴をあげ、そのままあとずさる。

「はぁっ！　んぁ…いや…ぁぁ…そこは、だめ」

指の攻撃をかわしたことが、セイファスを不機嫌にした。

「逃げるな。これはおまえへの罰なんだからな。さぁ、床に跪け」

薬で従順になったエーリアルは、心では反発しながらも片方ずつ膝をついた。

セイファスはそれを眺めながら、悠然とグラスにワインを注いで一人で飲み始める。

だがなにを思ったのか、突然エーリアルに近づくと、胸元にわざとワインをこぼした。

「あぁ！　っ…冷たいっ…なにをっ……？」

すると、薄いシュミーズが肌にも乳頭にもぴったりと張りつき、ますます乳首の尖りを誇張して、その輪郭を明確にした。

さらには濡れたことでひんやりとした冷気が乳首全体を覆い、まるで冷たい上下の唇に挟んで口腔に含まれ、もてあそばれているような錯覚に襲われる。

「ワインでびしょびしょに濡れた布越しの乳首はまた一興だな。さぁ、おまえ自身の指で乳首を摘まんでみせろ」

「そんな…ぁぁ…ひどい…ことを」

（でも今の僕には…気持ちよくなることしか考えられない。だからもう…卑猥な命令に従うことしかできないんだ）

エーリアルはシュミーズが張りついた乳首を、両手の指でそうっと摘まんだ。

「はぁあっ！　ぁ……ぅんっ」

（こんなの、今まで感じたことないっ…まるで、電気が走るみたいな感じで…それがお尻まで伝っていって、僕のあそこが、恥ずかしいくらい…じんじん疼いてる…）

強要されることで被虐的な感情がエーリアルの中に生まれ、新しいなにかを目覚めさせる。

「どうした？　自分で触っても感じてしまうなんて、本当に淫乱で素晴らしい肉体だな。さぁ、もっと乳首を揉んでみせろ。男を誘うようにな。おまえは今、娼婦なんだから、俺を誘惑してその気にさせてみろ」

セイファスは人差し指でエーリアルの脇腹をツッとなぞり、さらに肋骨《ろっこつ》の一本一本を確かめるように撫でてから、仕上げに乳首をピンっと弾く。

まるで乳が出たかのようにいやらしく、熟れた乳頭からは朱色のワインが飛散した。

「あぁ！　ぅ…ん！　は……は…ぁぁ」

エーリアルはおそるおそる、人差し指と親指で挟んだ乳首を自ら揉み転がし始める。

「うぁぁ…ふぅぅ…ん。だめぇ、ここは…無理、ですっ…ぅぅ…」

「無理じゃない。もっと乳首を絞り出すようにして俺に差し出せ。そして言うんだ『私の乳首から、美味しいワインを飲んでください』と」

「そんな！　なんて…破廉恥な！　ぃや、もぅ濡らさないで…くだ…さ…あっ！　冷たっ…

ああっ」

セイファスはさらに乳首を狙いすましてワインを垂らし、シュミーズ姿の妻をいっそう淫らに魅せる。

「は、ぁぁ…ん、ぃあぁぁ…できません、そんなこと…無理…です。ぁ、ぁ…お許しをぉ」

「いいや、これは命令だ。それにおまえは勘違いしているみたいだが、これは罰だ。さぁ」

エーリアルは唇を噛んで乳首の上下に指を絡め、きゅっと摘まみ出してから声を発した。

「私の…乳首か…ら、ワ…ワインを…飲んで……くだ、さい…っ」

「よし、おまえがそうして欲しいと勧めるなら、美味いワインをいただくとしよう」

腰をかがめたセイファスの唇が唐突に乳首に吸いつき、まるで味わうように、ちゅうちゅう音を立てて乳首からワインを吸いあげた。

(あぁ、いや。僕の乳首から、じわじわと快感が広がっていく。どうしよう…なんだか、身体全部が性感帯になったみたいで…すごく気持ちいい…っ)

乳首の根元を強固な前歯がキッと噛み、さらに乳頭表面にある乳孔を舌先で抉り舐める。

「ひぐっ……ぁ、ん…ぅぅ。そんな…強く舐め、な…で、くださ…。ぁぁ…噛むのは、だめぇ…もぉ…どうか、お許しを…セイファスさま…」

「これは罰なんだからあきらめろ。そうだ、今のおまえは淫乱な娼婦だったな。では、もう下着も必要ないはず。俺が剝いでやろう」

「そんな……あぁ、いやぁぁあ…！」

ワインですっかり濡れたシュミーズを、セイファスはためらいもなく引き裂いて脇に放り投げる。

すっかり全裸に剝かれ、首飾りやブレスレット、アンクレットなどの宝飾品だけを素肌にまとっているエーリアルの姿は、まさに娼婦のように卑猥だった。

「いやらしい眺めだな。でも、これでますます娼婦らしくなった」

（セイファスさまはシャツさえ脱いでないのに…僕だけ裸だなんて…本当に娼婦みたいだ）

「……あぁ。もう、どうか…お許しくださいませ…」

「次は…そうだな。床に獣のように這え。そして俺のこれをしゃぶってもらおう。上手くできたら褒美におまえを抱いてやる」

そう命じると、セイファスは自ら床に仰向けに寝そべった。

あまりの羞恥で泣いてしまったエーリアルだが、それでも許されなくて…。

命じられた通り床に這い、セイファスのキュロットから、すでに勃起した巨大な竿を抜き出す。

これまで一度も口で奉仕させられたことなどなくて、エーリアルはひどく戸惑った。

「あぁ…怖い。こんな、こんな…大きな…ものが…」

（いつも…僕の中に…出入りしてるだなんて信じられない。こんな、大きかったなんて…）

「竜族のサイズはおまえには少しきついだろうな。だが、おまえはいつも気持ちよさそうにしているぞ。さぁ、俺をしゃぶれ」

エーリアルは怖々と竿を手にしたが、びっしりと血管をまとった剛直は、それだけでまた質量を増して孔から蜜を垂らした。

「嘘でしょう？　…まるで……生きてるみたいで……怖い…」

「なにをためらっている？　やるんだ。おまえは娼婦なんだから、上手にしゃぶれよ」

鈴口からあふれる熱い蜜で、竿に触れている指が濡れている。

エーリアルは唇を近づけると、おそるおそる舌でセイファスのペニスを舐めあげる。

「んんっ……ぅ。ふ…」

(息が、苦しいよ。それに…苦い味が口の中に広がって…でも、ちゃんとやらなくちゃ)

ゆっくりと竿全体を口に含んでから、上下に顔を動かして奉仕を始める。

「いいぞ、吸いながら顔を上下させてみろ。あぁ、そうだ。うまいぞエーリアル…っ…」

セイファスは四つん這いで奉仕するエーリアルの片膝を掴むと、それを引き寄せて自分の顔をまたぐという破廉恥な体勢を取らせた。

「ふ…！　ぅんん、ぃ…ぁ。んぅぅ…っ」

「いい眺めだな。おまえの恥ずかしいところが、全部見えているぞ」

いやだと言いたいのに言葉にできなくて腰を浮かせると、尻たぶを掴んで引き戻される。

る。

「うんんっ！　ぅふ…ぐ…」

今、エーリアルは床に仰向けに横たわったセイファァスの上に、両足を広げて乗りあげていた。

ただ、二人の身体は頭と足が逆に重なっているため、エーリアルの顔の前にはセイファスの剛直が、そしてセイファスの顔の前には小柄なエーリアルの尻があった。

（もう、死んでしまいたいくらい恥ずかしい…こんな格好をさせられるなんて…）

羞恥に泣き濡れながらも、なす術のないエーリアルは必死で口での奉仕を続けている。

太い竿は当然、全部が口腔に収まりきらず、そのため喉の奥まで引き込むと、たまにエーリアルの奥歯が亀頭に当たってそれがセイファスを悦ばせていた。

「上手いぞ。ふ…いい具合だ。では奉仕の礼に、俺からも褒美をやろう」

エーリアルの肌は羞恥で燃えるほど熱くなって鼓動も脈も乱れきっているが、そんなすべてを、すでにセイファスに知られているだろう。

「うぐっ…いやぁぁあっ！　な、なにを…ぁぁ、そんな…ことっ、しないでぇ！」

突然、エーリアルは悲鳴をあげて竿を吐き出してしまう。

股間《こかん》の狭間で息を潜《ひそ》めていた後孔の縁に、セイファスがいきなり指を引っかけ孔を押し開いたからだ。

（やめて…本当にこんなこと、恥ずかしすぎる……あぁぁ…）

「休まず続けろ。俺は今からこのはしたない孔を香油でじっくりほぐしてやる。まだ固いから少し時間がかかるだろうけどな」

セイファスは無防備にさらされた孔に慎重に指をくぐらせ、肉の襞に香油をすり込む。

(ん…ぅう。ふ…セイファスさまは乱暴な言葉で僕を辱めても、僕の中を探る指はすごく丁寧で……。これって罰なのに、やっぱりセイファスさまはお優しい…)

だからエーリアルは、こんな破廉恥な行為を強いられていても、ひどく感じてしまう。

「おまえのここは外から見れば澄ましているが、中はとろとろに蕩けてひどく感じて味わい深い」

熟れた襞と粘膜が波打つように収縮し、ペニスを誘い込むように蠢く。

奥へ奥へと導かれる絶妙な蠕動が、セイファスを虜《とりこ》にしているようだった。

そしてエーリアルも、彼の卑猥な言葉と淫蕩な行為にさらされ、倒錯した快感を目覚めさせていく。

「ふ…ぅん。ぐ…ぁぁ…ひ、もぉやめ…て。どうか…もぅ、お許し…くだ、さ…ぃ…」

(感じる。感じすぎて…もぉ、やめて。でないと、僕は…イってしま…からぁ)

「誰がしゃぶるのをやめていいと言った？　続けろ」

孔をいじられ、感じすぎて思わず膝を立てて腰を浮かせてしまうと、今度は震える雄茎を指で軽く弾かれて…。

「ひぃっ…っ！　ぅぁぁぁっ！」

信じられないことだが、エーリアルはその瞬間に呆気なく達してしまう。

熱を持った白濁は、セイファスの逞しい胸板に何度も飛び散った。

(あぁ…もぉ、恥ずかしくて死にたいよ。なのに…こんなに感じて……たまらない…っ)

「しょうがない奴だ。奉仕するおまえ自身が感じていたら世話はない。困った淫乱体質だ」

それでも責める手をゆるめないセイファスは、さらに孔に指を深くねじ込み、粘膜に覆われた肉の襞をこねくりまわすようにもてあそぶ。

「あぁっ！　ん。はぁ…ぁ…ぅん。ふ…うぅぅ…」

ビクンビクンと感じすぎた腰が跳ね、エーリアルの雄は鈴口から甘い残蜜をとろりと垂らす。

「ふふ、たった今、イったばかりなのに本当にいやらしい奴だ。さぁ、また舌がおろそかになっているぞ。何度も言わせるな！」

「は…い…。すみませ…ん。っ…ぁ！　あんっ…あ、痛っ！」

怠慢を叱《しか》るようにパンと一つ尻を叩かれ、甘い痺《しび》れが走ってまた穴から蜜がこぼれる。

「どこまで淫乱な娼婦なんだ？　おまえは叩かれて嬉しいのか？　ならもっとだ。さぁ」

「あん！　ぁぁ…ぶたない…で。お願…ぃです。セイファス…さまぁ。ぶつのは…やめ…てぇ。もぉ…許し…て」

(信じられない。僕…お尻を叩かれてるのに、すごく感じてしまって…。どうしよう……)

そんな自分が恥ずかしくて、エーリアルは懸命に舌を使って奉仕を続行する。

「ずいぶんとおしゃぶりが上手くなった。ならば、俺もお返しをしてやらないとな」

「ん？　ぅん…な…に…を？　セイファス、さま……ぅん、ぅぅ！　そ…んな…ぁ！」

唐突に長い舌がエーリアルの孔に潜り込んできて、粘膜に覆われた襞を舌でくすぐられる。

その上、節の高い左右の人差し指が両方同時に孔の縁に引っかけられ、ぐっと広げられ…。

そうしておいて、奥の肉襞を味わい尽くすようにセイファスに舐め倒された。

「あぁ…ぁぁ！…こんな…の、感じ…すぎて…死んで…しま…ぅ…ぁぁっ……ぁ」

「エーリアル。せっかくだから今夜は俺の精子を飲ませてやる。ちゃんと味わえよ。そして、絶対にこぼすな」

頬の内側の肉に包まれた竿が生き物みたいにビクビク脈打ち、ひときわ膨張したあとで、それは先端から一気に弾けた。

「ふぅ…ぐぅぅ…うっ！」

喉の奥に熱いしぶきが大量に叩きつけられて、とたんにエーリアルはむせ返る。

「エーリアル…く…。どうだ…嬉しいか？　嬉しいなら、言ってみろ」

どくどくと注ぎ込まれる大量の精液を、喉を鳴らして何度かに分けて飲み込む。

「はい…は…い。私は…セイファスさまの………を、いただけて、嬉しい…です…」

「可愛い奴だ。さぁ今度は俺の上にまたがり、おまえの名器で俺を悦ばせてくれ」

あれほど大量に吐精したのに一向に萎《な》えない雄茎が、さらに血流を集めて勃起する。亀頭のエラは大きく張り出し、まるで甘い拷問を与える凶器のように見えた。

「は…い、わかり…ました…」

床に仰向けになったセイファスの身体から下りようとして、エーリアルは視界がぐらりと傾ぐのに驚く。

自分が薬に犯されていることを思い出したが、身に受ける触覚は研ぎ澄まされていた。

激しい羞恥に身を焼くエーリアルの裸体は朱に染まり、卑猥としか言いようがないほど匂い立ってセイファスを興奮させている。

「エーリアルならできるだろう？　今、おまえは娼婦なんだからな。さぁ、今度は尻ではなく、こっちに顔を見せてくれ」

「は、い…。わかり、ました…」

逞しい腰にまたがったまま、のろのろ反転すると、エーリアルはセイファスの厚い胸板に両手を着いて端整な顔を見下ろした。

「セイファス…さま」

涼しげな顔をしているが、彼の額には汗が浮かんでいて息もひどく荒い。

(セイファスさまも、僕と同じくらい、興奮して感じてくれているのかな？　だったら嬉しいな。でも、どうしよう…なんだか、不思議なくらい背筋がゾクゾクして…感じてる)

「どうした？　さぁ、やるんだ。おまえのその、やわらかい蜜孔で、俺を呑み込んでくれ」

すでにセイファスの舌によって、熱心で勤勉な洗礼を受けた孔は奥まで潤みきっている。腰を浮かせたエーリアルは剛直に手を添えると、己のとば口に押し当ててから、膝を折りつつ腰を沈めていく。

（こんな体位は初めてだから……怖いのに。でも、だめだ…すごく…気持ちいい…っ）

ぐぷぷ…、ぶしゅ…ぷ、ぐぷ…ぷ…。

淫音が室内に響き渡ると、まるでセイファスに鼓膜まで犯され、支配されているような錯覚がした。

「あ！　ぁぁ……大きい。セイファス…さまの。大きくて、とても……つらい…です」

切なく瞳を濡らす妻の姿に高揚したのか、セイファスの雄は、ますます亀頭を肥大させる。

「ゆっくりでいい。つらくても、できるはずだ。本当はおまえも、もっと欲しいんだろう？違うか？」

（欲しい、欲しいよ。セイファスさまが…もっと奥まで…欲しくてたまらないっ）

「ぁぁ…ん、挿って、くる…すごい。気持ち…ぃぃ、でも、奥は…少し怖い…っ…ぁぁ」

最奥を穿たれるのが怖くて膝で踏ん張ってしまうと、それをよく思わないセイファスはエーリアルの腿を摑んで完全に己の腰に座らせてしまう。

「ひっ……ぅ、んん！」

今まで到達したことのない最奥の肉襞を亀頭のエラで刮《こそ》がれると、甘い悲鳴が迸《ほとばし》った。

「どうした？　痛いのか？　それとも、いやなのか？」

心配そうな声に問われて、エーリアルは必死で首を横に振る。

「いいえ…いい…え、違い…ます。私の中が、信じられないほど…悦んで、動いて…る」

「あぁ、俺にもわかる。ひどく蠢いて、俺をもっと奥へと誘い込んでくるようだ。エーリアル、今俺たちは一つに繋がっている。それが、わかるか？」

グンと下から勢いよく突きあげられ、エーリアルは弓なりに上体をのけぞらせた。

「あぁぁ…ん！　セイファス…さまぁ、私、こんな…こんな…深い奥も、こんな…快感も、知りませ…ん。初めて…です」

「可愛いことを。なら、もっと動いてみろ。さぁ、腰を揺すって、俺を愉しませてくれ」

「は…い、はい……こう…ですか？　ぁぁ…ん…ふ。こう、でしょう…か？　あぁん…っ」

まだ性に未熟なエーリアルは、ただゆらゆらと身体を揺すり続けて緩慢な快感に酔っているが、それではセイファスには物足りない。

「ふふ。まだ手ぬるいが、おまえの痴態を下から眺めているのは最高だ。でも、せっかくだから俺も手伝ってやるよ」

ゆるい快楽に陶酔しているエーリアルの胸に咲いた尖った花を、セイファスは手を伸ばして素早く摘みあげた。

「あぁ…はぁん！　また…そこを！　だ…めぇ…」

さらにセイファスの別の手が、しずくを垂らす雄茎をやんわり握って上下に扱《しご》くと、痩身は鞭打《むちう》たれたようにのけぞった。

「あぁぁっ……っ」

孔を突きあげられ、乳首と雄茎まで嬲られて、エーリアルはビクンビクンと逞しい腰の上で踊り狂う。

（あぁ…もう、我慢できない……出て、しまう…よぉ！）

そう思った瞬間、セイファスに雄を握って射精を阻止され、エーリアルは絶望した。

「ふふ、こんな美しく淫らな舞を俺は初めて見た。さぁ、もっと踊れ」

「うぅ…もう…もう、お許しを…セイファスさまぁ……っ。イかせて…くださ…ぃ」

突きあげられ、乳首を弾かれて雄を握り込んで扱き倒される。

さらに弾くように上に突きあげられ、エーリアルは瞳を見開いて甘い悲鳴を放つ。

想像を絶する快感が怖くて腰を浮かせてしまうと、さらに追いつめるように強く貫かれた。

甘い愉悦が背筋を這いのぼって、それはすべて喘ぎへと姿を変える。

「ひぃ…うぅ…気持ち…ぃい…ぃい！　あぁぁ…セイファスさ…まぁ…」

嬉し涙と汗とよだれを流しながら、エーリアルは夜に咲く大輪の花のように、艶《つや》やかに匂い立つ。

それでもセイファスはまだ、エーリアルを絶頂へと導くのを阻んでいた。

「ぁ、ぁぁ…！　セイファスさま…もぉ、お願いですから。どうかイかせ…てくださ…ぃ」

延々と責められて焦らされて、何度でも弱音を吐かされる。

「エーリアル、そんなにイきたいなら、二度と俺を裏切らないと言え。もう二度と城を出ていったりしないと、ここで誓うんだ」

官能に飲まれる身体と、薬で意識が混濁して従順になっているエーリアルは、正常な思考が働かなくなっていた。

ただただ、甘い陶酔に飲まれて言葉を紡ぐ。

「ぁあ…セイファス、さまぁ…お願い……イきた…ぃ」

「誓え。でないとイかせないぞ」

「あぁ…はい。は…い、誓い…ます。私は…ぁ、二度と、あなたを…裏切り…ません」

「どこにも行かないか？」

「はい、どこに…も、行き…ません」

エーリアルが懸命に口にしたその誓約は、セイファスをようやく満足させた。

「よし、わかった。なら、俺が最上級の快楽を、おまえに味わわせてやる」

大きな掌で腰を摑んで固定すると、セイファスは叩きつけるように腰を打ちつけた。

何度も何度も、それは悪夢のように繰り返される。

最も感じやすい前立腺を狙いすまし、そこばかりを集中して張り出したエラでこすると、エーリアルの中は痙攣しながら雄を絞りあげた。

「はぁぁ…ぁぁあ！」

その瞬間、絡み合った汗まみれの肉体は、同時に幸福な絶頂を迎える。

「エーリアル、俺のエーリアル…」

「セイファス…さま…」

甘い声で名を呼ばれ、最上級の幸福に溺れながらエーリアルは意識を飛ばした。


寝台に注ぐ朝の日差しは、紗のカーテンを通るとたんに優しい採光になる。

敷布に散ったエーリアルの金の髪を、光の粒がキラキラと輝かせているようだった。

「…エーリアル」

頬にそっとキスをされる。

優しい唇が今度はまぶたに移り、鼻筋を通って上唇を啄《ついば》む。

「ん…ん…」

顎から耳のうしろまでを硬い鼻先でこすられると、なんだかくすぐったくて小さく笑った。

敷布の上に投げ出された爪の綺麗な指先に大きな掌が重なって、やわらかく握る。

どうやら今、自分たちは夫婦の寝台の中にいるようだとエーリアルは気づいた。

「おはよう…エーリアル。俺だけの可愛い花嫁」

まるで一晩中、走っていたかのように身体はだるいが、胸の中は甘さだけで満ちていく。

(セイファスさま……今すぐ目を開けてあなたを見たいのに、まぶたがとても重い。おかしい…な。僕はいったい、どうしちゃったんだろう?)

エーリアルは、いつもと違う身体の異変を感じる。

(変だな。なんだか頭がぼんやりして…言葉の意味はわかるけど、上手く僕自身の考えがまとまらないみたいだ…)

昨夜、エーリアルは寝所で激しく抵抗した。

だから、妻に怪我をさせたくないと言うセイファスに、薬を盛られて抱かれた。

そのせいで、今はまだ意識がぼんやりとしているようだが、エーリアル自身はまだ覚醒《かくせい》の途中で、それに気づいていない。

「エーリアル、すまない。頭がぼんやりしているんだろう? だから、今はそのままでいいから聞いてくれ」

「……はい、なんでしょうか。セイファス…さま」

なんとか薄く目を開けると、心配そうに曇った端整な顔が、自分を見おろしているのがわかった。

「今回のことで思い知らされたよ。エーリアル、俺は…どうやらおまえを、自分が思っている以上に愛しているらしい。だから昨夜、おまえが俺のもとを去ったと知り…我を失ってしまったんだ。おまえをひどく抱いてすまなかった。許してくれ」

「ん…セイファス、さ…ま」

哀しそうに自分を見おろしている彼の男らしい頬に、エーリアルはそっと手を伸ばす。

「この城に連れてきたとき、おまえが俺に尋ねたことを覚えているか？　その答えを今、おまえに伝えるよ。俺は……十五歳のおまえに出会った夜に契約を結んだとき、二十歳になれば必ず迎えに行くつもりだった。おそらく俺は最初に出会ったとき、おまえにすっかり心を奪われてしまったようだ」

セイファスの告白は、エーリアルがずっと知りたいと思っていた真実だった。

(まさかそれを、セイファスさまに答えてもらえるなんて…想像もしていなかった)

「嬉しい…本当に……」

だから嬉しくて嬉しくて幸せで、こらえようとしても涙がじわりとあふれ出す。

ついに目尻から涙の結晶がこぼれると、優しい唇が跡をたどるように吸い取ってくれた。

「愛している、エーリアル」

この言葉を、セイファス自身の口からどれほど聞きたかったことか。

まだ脳は覚醒を拒んでいるようで、エーリアルはまどろみの中で泣きながら微笑んだ。

「俺は、おまえを愛している」

望んでいた告白は、胸の中を温かく満たしていき…。

だから、愛の言葉はすんなりとエーリアルの唇を離れてしまった。

「私もです、セイファスさま。私も……あなたを、愛しています」

妻からの初めての告白に、セイファスは心からの歓喜を笑みとともに目尻の皺に刻む。

だが……。

次の瞬間、信じられない事態が起こった。

セイファスは突如として意識を失い、寝台の上に倒れ込んで横たわる。

そして、そのままピクリとも動かなくなってしまった。

「なっ……セイ、ファス…さま？」

エーリアルはめまいに襲われながらも上体を起こし、突如意識を失ったセイファスの身体を揺する。

だが、彼は微動だにせず…。

「そん、な……セイファスさま！　セイファスさま！」

大きな声を発したとたん一気に意識が覚醒して、エーリアルは寝台から飛び下りた。

そして、自分の犯した取り返しのつかない失態を目の当たりにして驚愕する。

「そんな……あぁ、私はなんて愚かなことを！」

これこそが、死の間際に魔女イザヴェラがセイファスにかけた呪いの魔術。

いくら薬でぼんやりしていたとはいえ、自分は呪いのことを知っていたのに、うかつにも愛の言葉を伝えてしまうなんて。

エーリアルは医者を呼ぶため、急いで寝室をあとにした。

第六章

王族お抱えの医者がすぐ寝室に呼ばれたが、セイファスは意識のないまま苦しみ続けている。

やがて、セイファスの身体をくまなく診察した医者は、傍らで見守っているジャスティンやエーリアル、執事に苦悶《くもん》の表情で所見を伝えた。

「セイファス王のお身体を診察しましたが、今の状況の原因となる疾患がまったく見当たらないのです。お身体はいたって健康で正常なのに、熱も高くて呼吸も浅い……」

「……兄上がなんの病気か判明しなければ、治療方法もわからないということか？」

ジャスティンの問いに、医者は眉間の皺を深くしてうなだれる。

「はい…申し訳ありません」

「もし病気でないなら、毒を盛られた可能性は？」

「いいえ、それならば瞳に症状が出るのですが、そういった形跡も見当たりません」

疾患そのものがわからなければ、治療の方法もわからないということだった。

「病気でないなら、どうして意識が戻らない？　説明してくれ！　実際、兄上はこんなに苦しんでいるじゃないか！」

険しい形相で医師に詰め寄るジャスティンだったが、エーリアルは今こそ真実を話さなければならないと悟った。

「ジャスティンさま、すみません。実は…大事なお話があります……」

エーリアルはセイファスを医者に託すと、ジャスティンを室外に導く。

「どうした？　大事な話とはなんだ？　兄上のことなのか？」

「はい。セイファスさまが、どうしてこんな状態になってしまったのか。それを説明しますので、どうかこちらに」

いらついた様子のジャスティンだったが、原因を知りたい一心でエーリアルに従う。

だが、地下室に続く階段の手前で踏みとどまると、疑問を呈した。

「どういうことだエーリアル？　この先には、魔女の遺品を収めた部屋があるだけだぞ？」

「はい、存じています。さぁ、どうぞ」

連れ立って地下に下りて部屋に入ると、湿った空気が一気に彼らの肌を包んだ。

「ふぅ。実は僕は、この場所が嫌いなんだ。子供の頃に何度か遊んでいて地下室に入ってしまったことがあったが、いつもゾッとしてすぐに逃げ出した」

「ええ、それは私も同じです」

眉をひそめて魔女の遺品を眺めるジャスティンとともに、エーリアルはおそるおそる水晶玉に近づいていく。

「どうぞ、こちらの水晶玉をご覧いただきたいのです」

恐ろしいことに、昨日見たとき透明だったそれが、今は少し黒みを帯びた色に変わっている。

「さぁ、説明してもらおう。まさか兄上の今の症状には、魔女イザヴェラが絡んでいるとでも言うのか？」

「……はい、おそらく」

エーリアルは意識を集中させるように大きく深呼吸すると、水晶玉の正面に立つ。

(確信はない。もう一度、あのときの映像が映るかどうかなんて、わからないけど…とにかく、やってみるしかないんだ)

ただ、心の中で一心に念じながら両手をかざした。

「……おまえ、いったい…なにをする気だ？」

エーリアルが念を込めて水晶玉に手を触れさせると…。

少しずつ水晶玉の表面の黒い霧が晴れていき、それと同時に、昨日と同じようにドラゴリアン王国の丘に立つ城の全景が映し出される。

「これは…どういうことだ？　この水晶玉は、今まで誰が触れてもなにも起こらなかったはずなのに！」

水晶玉には、炎に包まれた城郭と息絶えた無数の兵士の屍《しかばね》。

そして、そこから猛然と逃げ延びようとする魔女イザヴェラの姿が映る。

ゆっくり視点が移動して、今度は魔女を空から追いつめる緑竜、ヒース王。

「まさか…これは、父上か？」

ジャスティンは水晶玉に顔を近づけて、映し出される光景を凝視する。

やがてゾゾ山にある洞窟に逃げ込んだ魔女が、なにかの呪文を延々と唱え始めた。

それが終わると、イザヴェラは最期に恐ろしい呪いをかける。

『ヒース王の子、ドラゴリアン王国の跡継ぎたる者が成人し、彼を心から愛する者が現れたとき、水晶玉の呪いが跡継ぎたる者の命を奪うだろう』

それを聞いたジャスティンは、あまりのことに驚愕し、息をするのも忘れているようだった。

だがそのあと、水晶玉は再び黒い霧に覆われてしまった。

「今のは、まさか……この水晶玉が、我が王国の戦火の過去を見せたというのか？」

「はい。そうです」

なぜ今のタイミングで、この水晶玉が竜族と魔女の最後の戦を見せるのかはエーリアルにもわからない。

だが、おそらくはセイファスを本気で愛する、自分という存在が現れたことが原因ではないかと予想したが…真相はわからなかった。

「我が父ヒース王が、魔女イザヴェラをあの洞窟に追い込んで殺害したときのものだ…」

「…その通りです」

ジャスティンの表情には苦悶が描かれていた。

「ならば…兄上が今、意識をなくしたまま苦しんでいるのは、魔女の呪いのせいだと言うんだな？」

「はい…」

ジャスティンはこの理解しがたい状況をなんとか受け止めるため、状況を整理する。

「でも…あなたはどうして、水晶玉が過去の映像を映すことを知っていたんだ？」

「はい。実は昨日、ドラコー王子がこの地下室に入ってしまい、私はそのとき偶然にも水晶玉に触れてしまったのです。そして…先ほどの映像を見ました」

その結果、知ってしまった。

自分の存在が、セイファスの命を危うくするのだということを…。

エーリアルは長いまつげを震わせる。

「エーリアル、では…昨日、この城を黙って抜け出したのは…もしかして？」

「はい。恐れながら……正直にお話しします。私の立場はあくまで契約上の妻。それなのに…私はセイファスさまを愛してしまったんです。だから…私があの方のおそばにいることは、すなわちセイファスさまを……」

ジャスティンは苦悩するエーリアルの表情を見て、その先の言葉を遮ってくれた。

「もういい。そうか…そうだったのか。あなたは兄上を護るためにこの城から逃げたんだな？　でも、ならばどうして魔女の呪いがかかってしまった？　今朝《けさ》、なにかあったのか？」

エーリアルは昨夜から今朝までのことを、ジャスティンに話して聞かせる。

「はい。昨夜のセイファスさまは逃亡した私に激昂していらして……私は意識を失うように眠ってしまったのですが、目が覚めたときにセイファスさまが私を愛してると言ってくださったのです。そして…思わず私も……」

気を落とす細い肩に、ジャスティンは励ますように手をかけた。

「私はなんておろかなことを。セイファスさまが苦しんでいるのは、全部私のせいです…」

「エーリアル、よく聞け……勘違いするなよ。兄上のことはあなたのせいではない。これはすべて、魔女イザヴェラの呪いなのだから気に病む必要はない」

「…いいえ、いいえ。私のせいです！　セイファスさまではなく、私が呪われればよかった…」

愛する人を命の危険にさらしてしまった責任を強く感じているエーリアルは、動揺して冷静さを欠いている。

「よし、状況はわかった。では我々が今なすべきことは、この呪いを解くことに他ならない。違うか？」

両肩を強く揺さぶられ、エーリアルはようやく我に返った。

（そうだ。悔やんでいるだけじゃセイファスさまを救うことなんてできないよ。ただの生贄だった僕を、心から寵愛してくれたセイファスさまを、なんとしても助けなくちゃ！）

「はい、ジャスティンさまのおっしゃる通りです。一刻も早く魔女の呪いを解きましょう！」

うなずいたジャスティンは、水晶玉をその手に取った。

「簡単なことではないのか？　これが存在しているせいで呪いが生きているんだ。ならば、方法は一つしかない」

言うが早いか、ジャスティンは手の中の水晶玉を、石壁に向かって投げつける。

地下室に甲高い音が響き、水晶玉ではなく逆に壁の石材がパラパラと削れて剝がれ落ちた。

「信じられない。くそっ」

それでもあきらめずに何度も壁や床に叩きつけたが結果は同じで、水晶玉は傷一つつかずに不気味な光沢を保ったまま床に転がっている。

二人はそれを忌々しく見つめるしかない。

「ジャスティンさま、あの…もしかして、イザヴェラの遺品の書物の中に、この呪いの魔術を解く方法が記されてはいないでしょうか？」

初めてこの地下室に案内されたとき、セイファスが見せてくれた古めかしく重厚な箱。

その中に、魔女が残した魔術の書物が収められているとセイファスは教えてくれた。

だが書物には鍵《かぎ》がかかっているのか、どうやっても表紙が開かないそうだが…。

ジャスティンはうなずくと、その書物が収められた重厚な箱に近づき、ゆっくりふたを開ける。

中にはセイファスが言っていた通り多くの魔術が記された古めかしい書物が入っていて、それを手に取って机に置いた。

「これが…イザヴェラが残した書物なんですね？」

「あぁ、そうだ。僕も一度見たきりだったが、鍵がかけられているようで、誰も表紙を開くことができないんだ。だが鍵は遺品の中にはなくて、所在は今も不明だ…」

すさまじい悪寒に見まわれながら、エーリアルも近づいて表紙を間近で見おろしたが…。

「あ…！」

あまりのことに、短く驚きの声を発した唇を閉じることも忘れてしまう。

イザヴェラが残した魔術の書物。

そのブリキ細工の凝った表紙に彫られている特徴的な模様には、完全に見覚えがあった。

「嘘…どうして……こんなことが？」

それは、あるものと同一の模様だと一目でわかった。

母が残した唯一の形見であるペンダントを、エーリアルはドレスの胸元から引き出す。

その形状は、正五角形を中心に配した星のようだった。

書物の表紙の模様とペンダントの形状を見比べたジャスティンにも、二つが同一の形だとすぐにわかった。

「エーリアル、あなたはいったい……？」

ペンダントを表紙のブリキ細工の凹《へこ》みにあてがうと、それは驚くことにぴたりとハマり…。

まるで金具が外れるような、そんな小気味いい金属音が響いた。

「信じられない！　どうして魔女の書物の鍵を、あなたが持っているんだ？」

その瞬間、エーリアルの脳裏では、過去のできごとのすべてが一つの線で繋がり始める。

そして…二人の眼前では、手を触れてもないのに、書物の表紙がひとりでに開いていき…。

「まさか。こんなこと、信じられない…！」

それはまるで、誰かが魔術を使って書物を操っているかのように、不気味な光景だった。

「………ああ、嘘でしょう？」

今、エーリアルのまぶたの裏には、優しく聡明だった母、アンの姿が鮮明に描かれていた。

彼女の生い立ちのことは、母自身から聞いていたからよく知っている。

アンは若い頃、怪我を負って記憶を失ったまま、イングラッド王国の農園近くでさまよっているところを、近くに住む村人たちに保護された。

そのときの年代から考えると、それは魔女イザヴェラと竜族の戦があった年と同じ。

もう、偶然とは考えられなかった。

「まさか…」

アンの正体。

それはもしかすると…竜族を襲い、セイファスの母や同族を惨殺した魔女イザヴェラ、その人だったのではないか？

（だとすれば、魔女の血を引く僕が触れたから、水晶玉が過去の映像を見せたことも説明がつく）

「間違いない…」

すべてのことが繋がって、自分の正体が誰なのか…それが確信に変わっていく。

だが真実を知ることは、エーリアルにとって拷問に等しかった。

「どうしよう…やはり、私は……」

（初めて心から愛した人の、親族を惨殺した恐ろしい魔女の子供だったなんて！）

すべてを理解したエーリアルだったが、いぶかしい顔で自分を見ているジャスティンに説明している時間はない。

「ジャスティンさま、書物が開きました。とにかく急いで呪いを解く方法を探しましょう」

セイファスを救うにはもうそれしか策がなくて、二人は懸命に書物の頁《ページ》をめくっていく。

やがて夜も更ける頃になって、その魔術を解く方法が書かれている章を探し出した。

「エーリアル…見つけたぞ。これではないか？」

「……はい。確かにそうですね。きっとこれが…セイファスさまにかけられた魔術を解く唯一の方法」

二人が見つけ出した頁に記されていた術の解法は、意外にも簡潔なことだった。

【術を解くには、その者の身体に魔女の血を浴びせる】

だが、記述を読んだジャスティンは、万事休すと机を拳で叩きつける。

「なんてことだ！　これが兄上の命を救う唯一の方法ならば、絶望的だな。魔女イザヴェラはゾゾ山の洞窟で命を落としたはず。もう生きていないだろうからな」

呪いをかけた魔女が絶命しているのなら、ジャスティンの言う通り望みはないだろう。

（でも…もしもその血族の者が、今も生きているとしたら？）

「いいえ、ジャスティンさま。もしかしたら…望みはあるかもしれません！」

「エーリアル、どう言うことだ？　あなたに、なにか策があるというのか？」

「はい……」

エーリアルは魔術の書物に書いてあるその方法を改めて読むと、ぎゅっと拳を握りしめる。

「ジャスティンさま。実際、私は魔女でもないし魔術なども当然使えませんが、もう…セイファスさまをお救いする方法を、これしか思いつかないんです」

エーリアルは地下室の飾り棚に置かれていた遺品の一つ、魔女の短剣を手にすると、そのまま扉を出て階段を駆けあがった。

「おい、どうしたエーリアル！　短剣なんか持ち出して、どうしようというんだ？」

ジャスティンも、すぐにそのあとを追う。

「どうか、一度だけ私を信じてください。絶対にセイファスさまを死なせたりしません」

二人が寝室に戻ると、セイファスの表情は先ほどよりもさらに苦悶に満ちていた。

ジャスティンがすがるような目を医者に向けたが、彼はうつむいて首を横に振る。

「申し訳ありません。私では…もう手の打ちようがありません。どうか、ご覚悟を…」

医者のその言葉は、ドラゴリアン王国の国王が崩御するのは時間の問題だと、二人には聞こえた。

ついにエーリアルは覚悟を決めると、いまだ苦しんでいるセイファスの枕元に立つ。

左腕の袖を肘までまくってから、素早く短剣を抜いた。

（セイファスさま、あなたを絶対に死なせたりしない。僕のこの命に代えても…！）

「エーリアル！　なにをする気だ？　まさか…自分の血を？　そんなことはよせ、人間のおまえがそんなことをしても、兄上は助からない！」

ジャスティンの制止も聞かず、エーリアルはためらいもなく、短剣で己の左手首を深く切り裂いた。

「王妃さま！　いけません！　セイファスさまのあとを追うなど、考えてはなりません！」

白い肌に一直線に赤い裂傷が走って、そこから一瞬にして鮮血がほとばしる。

そしてその血は、セイファスの全身に降りかかった。

（どうか、どうか…僕の命を差し出す代わりに、セイファスさまを助けてっ）

手首からは、まるで泉のように真っ赤な血があふれ続け、ジャスティンはエーリアルの手から短剣を奪い取る。

「なんてことを！　エーリアル！　おい、しっかりしろっ」

あまりの失血で意識を失い床にくずおれたエーリアルを、ジャスティンはあわてて支える。

そのまま床に横たえると、医者は手首の傷口を止血するため、寝台の敷布を裂いて強く押し当てた。

「なにか、腕を縛るものはありませんか？」

あたりを見まわしたジャスティンは、天蓋のカーテンから帯を外して医者に渡す。

「これではだめか！」

「結構です。私は傷口を止血していますから、王妃さまの腕のつけ根にきつく巻いてください」

「わかった」

やがて、彼らの連携で出血はなんとか止められたが、セイファスの上半身には、おびただしい量のエーリアルの血液が飛び散っていた。

その量を見て、ジャスティンはゾッとする。

「これだけの出血で……エーリアルは助かるのか？」

「わかりません。ですが……おそらく致死量に達するほどの量ではないと思えますが…あとは個人的な体力の差が生死を分けるかと…」

「そうか…本当にエーリアルは馬鹿だ。こんなことをしても兄上は助からないのに」

「はい……しばらくして傷口の血が凝固したら、消毒をして縫合します」

だが…。

まさに、そのとき……奇跡は起こった。

「……ジャスティン、セバスチャン？　俺は…いったいどうしたんだ？」

背後から声がして二人が一斉に振り向くと、寝台に半身を起こした血まみれのセイファスの姿があった。

「兄上！　あぁ、よかった…信じられない！　もう…兄上は助からないかと…」

「なにを言っている？　それより、どうして俺は血だらけなんだ？　怪我などしていないようだが、俺になにがあった？　これは…いったい？」

イザヴェラの呪いの魔術が、エーリアルの流した血によってなぜ解けたのか…。

ジャスティンにとって、もうその答えは明確なものとなっていた。

「兄上は、魔女イザヴェラの呪いの魔術のせいで、命を落としかけていたんです」

「それは本当か？　だが…俺は、なんともないぞ。それより、この血はいったい誰のものだ？」

ジャスティンは思わず医師と渋面を合わせる。

「兄上…実は」

天蓋のカーテンの帯を止血のために使ったことで、セイファスからは視界が遮られていたが、ジャスティンは改めてカーテンを開いて見せた。

すると、床に横たわっているエーリアルの姿が彼の目に入り…。

「エーリアル！　エーリアル！　いったいなにがあった？　これは、どういうことだ！」

セイファスは寝台を飛び下りると、床に跪いて妻の身体を抱き起こした。


あれだけの出血量でありながらも、医者の迅速適切な処置によって、エーリアルは命を取り留めた。

手首に深い裂傷の痕《あと》は残っているが、それ以外はなんの問題もない。

ところが…あれから三日が経っても、その意識は依然として戻らなかった。

そして、いまだ寝台で眠ったままのエーリアルのそばには、セイファスが片時も離れることなくつき添っていた。

「エーリアル、おはよう。今日もいい天気だぞ。なぁ、そろそろ目を覚まして、俺におまえの笑顔を見せてくれ……でなければ俺は……」

今日は快晴で、午後になると寝室に差し込む日差しもますます強くなる。

「聞いているのか？　俺は…おまえがいなければ、もう生きていけない。エーリアル…愛している。俺のそばにいてくれ…どうか戻ってきてくれ……」

白い手を取って、セイファスはその甲に恭しくキスをした。

「あぁ、ずいぶん日差しが強いようだな。待っていろエーリアル」

セイファスがカーテンを閉めようと窓際に向かったとき、背後から声が聞こえた。

「……セイ、ファスさま。どうか、そのままにしておいてください。おてんとう様の日差しは…好きです」

呼びかけに驚いて振り返ると、寝台のエーリアルは、まぶしそうに手をかざしながらも、ゆっくりとそのまぶたを開けた。

セイファスは急いで寝台に駆け寄り、妻の碧眼をのぞき込む。

「エーリアル。あぁ、おまえっ…よかった！　気がついたんだな。あぁ、本当によかった。

でも、大丈夫か？　手首の傷は痛むか？　どこか苦しいところはないか？」

いきなり質問攻めにされて、エーリアルは重い頭を振って答えた。

「いいえ、私は大丈夫です」

「では欲しいものはあるか？　食べたいものは？　おまえは三日も眠っていたんだからな」

「三日も？　そんなに…？」

矢継ぎ早に質問してくるセイファスがおかしくて、エーリアルは笑いが込みあげた。

（まだ少し身体がだるいけど、でも、僕はどうしてそんなに長い間、眠っていたのかな？）

「エーリアル、本当によかった。おまえのその笑顔がまた見られて…安堵したぞ」

その言葉を聞いた瞬間、エーリアルの脳裏には、苦しむセイファスの姿が浮かんで…。

まるで走馬灯のように、記憶が次から次へと、泉のようにあふれてくる。

自分が眠っているこの寝台で、セイファスは魔女の呪いに苦しめられていた。

「そうだ！　セイファスさま…ご無事だったのですね。あぁ、よかった。本当によかった！

あなたが死んでしまうかと思って、私は…とても怖かった」

自分が死の淵をさまよっていたことなどかまわず、真っ先にセイファスの無事を喜ぶエーリアルを見て、セイファスは思わず涙ぐむ。

「俺はそう簡単に死んだりはしない。だから、二度と俺のために犠牲になろうとするな」

ほっと安堵したのも束の間、エーリアルはセイファスの発した「犠牲」という言葉を聞いて顔を曇らせた。

「では……ジャスティンさまに、もう詳細をお聞きになったんですね？」

極力、平静を保ってセイファスは曖昧《あいまい》にうなずいたが、エーリアルは寝台に身を起こして頭《こうべ》を垂れた。

「エーリアル、俺はおまえの口から聞きたいんだ。話してくれるな？」

エーリアルは覚悟を決めると、ただ素直にうなずいた。

「おそらく…私の母、アンは、この国からイングラッド王国へと逃げ延びた、魔女イザヴェラ…その人だったのでしょう。でも、母は怪我で過去の記憶をなくしていて…」

「おまえから聞いた母親の生い立ちは、俺もすべて覚えている」

エーリアルの母であるアンは、エド王に見初められて側室となった。

おそらく彼女自身、過去の記憶をすべて失っていたため、自分の正体を知らないまま婚姻して子供を産み、そして亡くなっていったのだろう。

そしてエーリアルこそが、魔女イザヴェラの子供だったのだ。

それが紛れもない真実だということは、エーリアルの血を浴びたセイファスが、魔女の呪いから解放されたことが証明している。

「どうか、母の犯した大罪を謝罪させてください。そして、知らなかったとはいえ、魔女の血を引く私がこの国で…竜族の城で…あなたの妻の役を演じるなんて。本当に…本当に、どうかお許しください」

涙を流して詫びるエーリアルに対し、セイファスはすでに落ち着いた様子で答えた。

彼の心は、もう決まっているように見える。

「わかっている。もちろん許すさ。おまえは魔女の証であるその血で、俺の命を救ってくれたじゃないか」

「ですが！　それは、私の母がかけた呪いの魔術なのですから…当然のこと！」

そのとき、寝台の陰からジャスティンも姿を現した。

「すみません兄上、実は…少し前に寝室に入っていたのですが、声をかけられなくて。話を聞いてしまいました」

「ジャスティンさま…」

「エーリアル、あなたは間違ってる。竜族を滅ぼそうとしたのも、兄上に呪いをかけたのも、あなたの母上ではない。あれは、魔女イザヴェラなんだから」

「そうだ。おまえはなにも知らなかったんだ。もう気に病むことはない」

優しい言葉を兄弟からかけられても、余計につらかった。

「いいえ、いいえ…そんな単純なことではありません。私は、私自身が許せない」

愛していた母が、あの優しかった母が、ドラゴリアン王国の竜族を惨殺した魔女だったなんて…。

見守るセイファスとジャスティンだけでなく、今、エーリアル自身もひどく傷つき、心を痛めていた。

「イザヴェラの罪は許せないが、おまえのことは誰も責めたりしない。それに、おまえがこの城から逃亡したのも、呪いの魔術のことを知って俺を助けようとしたからだろう？」

その通りだった。

「いいえ、いいえ。どんなことをしても、私と母の罪は許されるものではありません」

取り乱して涙するエーリアルだったが、そこへ回診のために医者が入ってきた。

「王妃さま！　ようやく意識が戻られましたか。よかった。もう安心です」

そのとき、医者の腰のあたりからひょっこり顔を出したのは、ドラコー王子だった。

「エーリー……もうだいじょうぶ？　まだ、おねむなの？」

不安げにこちらを見ている王子の姿を見て、エーリアルは一瞬にして優しい笑みになる。

「ドラコー王子…心配してくれたんですね。ごめんなさい…」

「ねぇ、もぉ僕をだっこできる？　まだだめ？」

子供ながらに気を遣う王子が愛おしくて、エーリアルは寝台の上で両手を広げてみせた。

「やった～！」

転がるように駆けてきた小さな身体が、寝台のエーリアルに飛びついた。

「エーリー、すごくね、さびしかったよぉ…」

「ごめんなさい…ごめんね…ドラコー王子」

もう離れたくないと言わんばかりに、強くしがみついてくる小さい身体が愛おしかった。

「もぉ、どこにもいかないでねエーリ」

エーリアルにとって、それはこの国で最後の至福のときだった。


エーリアルはもう決めていた。

手首の傷が回復して動ける体力が戻ったら、そのときこそ、この城を去ると。

セイファスもジャスティンも許すと言ってくれたが、エーリアルは亡くなった多くの竜族のことを思うと、やはり自分が許されるべきではないと考えるにいたった。

心残りなのはドラコー王子のことだったが、あれから毎日、午後には寝室に来て元気な姿を見せてくれていたから安心していた。

それに、乳母のベケットが王子の面倒を、本当によく見てくれている。

(僕がいなくなったって、きっと王子は大丈夫だ。だから…明日こそ、僕はこの城を出ていこう)

意識が戻った翌日からのエーリアルは落ち着きを取り戻し、しっかりと食事もとるようになった。

少しずつ城の中を歩いて着々と体力を回復し、怪我から一週間が経つ頃には、以前と変わらないほど元気になった。

そして……心に決めていたセイファスとの決別の日は、今夜だと定めた。


深夜になってから、エーリアルは準備していた服に着替え、寝室を密かに抜け出した。

暗がりの中、壁を伝って廊下を進み、地下室に続く階段を下りていく。

いくら恐ろしい魔女だったとしても、アンはエーリアルにとって優しい母だった。

だから、どうしても形見のペンダントだけは持っていきたい。

考えれば、ペンダントが鍵となっていたからこそ、魔術の書物を開いて呪いを解くことができた。

ここを去るならば、母の形見だけはどうしても持っていきたい。

地下室の扉を開けて中に入り、書物の入った箱を開けて、その表紙から鍵となっていた星が象られたペンダントを外した。

エーリアルがそれをぎゅっと握りしめて胸に抱くと、自然と涙がこぼれてくる。

「お母さま、お母さま……」

ペンダントをもう一度首にかけたとき、背後で人の気配がした。

「エーリアル」

「っ！　……セイファス…さま？　どうしてっ」

　振り返ると、地下室の扉をふさぐようにして彼が立っていた。

「悪いが、またおまえが勝手に城を出ていかないよう、密かに衛兵に見張らせていたんだ」

「そんな……」

「エーリアル、おまえ…今度はどこへ行くつもりだ？　まだ俺から逃げたいのか？」

（違う！　そうじゃない。そんなわけないよ…っ）

「セイファスさま…どうかご理解ください。私は、やはりここにはいられません」

「なぜだ？　俺もジャスティンもおまえに罪はないと言っているじゃないか？　もう俺たちはおまえを許している。それだけでは不満か？」

「いいえ、違うんです。何度も申しましたが、私は自分が許せないんです。だから…」

「だとしても、絶対に行かせないからな！　おまえを愛しているんだエーリアル。俺はおまえがいなくなったら生きていけないほど、おまえを必要としている」

　セイファスの懸命の説得にもエーリアルの決心は固く、覚悟を決めた瞳は凛と強い意志を放っている。

　でもその目尻にたまった涙が、セイファスを愛していることを伝えていた。

（魔術が解けて、ようやくセイファスさまと愛し合うことができるのに…僕たちの運命は二度と重なることはないんだ……あぁ、なんて哀しい…）

「エーリアル、俺はおまえを心から愛している。おまえも同じだろう？」

「それでも、私はここにはいられない…」

「では、なぜ泣く？　俺と別れるのが悲しいのだろう？　何度でも言うぞ。おまえはもう許されている」

エーリアルは懸命に首を横に振り続ける。

「……いいえ、いいえ。私は竜族を滅ぼそうとした魔女の血族。どうあってもその事実からは逃れられない。どうしても城に残れとおっしゃるなら、今ここで私を殺してください。それがおいやなら、せめて…自害させて…」

涙を流すエーリアルを、もう説得する術がない。

セイファスは忌々しく舌打ちをして、苦しい胸の内を晴らすように強く壁を叩いた。

「だめだ！　俺は絶対おまえを行かせない。どうしても出ていくというのなら、自害できないように縛って、一生この城に閉じ込めてやる」

固い決意で近づいてくる威圧的なセイファスに、エーリアルは恐れおののく。

それがセイファスの愛情ゆえの発言だとわかっていても、どうしようもなくて、エーリアルは泣きながら部屋の奥へとあとずさった。

だがそのとき偶然、その手が飾り棚に置かれていた水晶玉に触れてしまい…。

瞬間、不思議なことが起こった。

「なんと、これは…いったい、どういうことだ…?」

エーリアルの傍らにある水晶玉が、突如神々しく光を放ち始めて二人は息を呑んだ。

「ジャスティンから聞いたが、水晶玉がまた我々に、なにかを見せようとしているのか?」

(お母さま…今度はいったい、僕たちになにを見せたいの?)

二人が凝視する中、水晶玉は再び、どこか知らない深い森林の景色を映し始める。


カッコウのさえずりが聞こえる、湖畔にある小屋。

家の前にはわずかな畝《うね》があって、少しばかりの作物が育っている。

畑には、若く美しいが質素な身なりをした母親と、まだ幼い娘の姿があった。

土がついた手で真っ赤に熟したトマトをもぐと、それを娘に手渡す。

『これが一番甘そうだよ。食べる?』

『うん』

嬉しそうに受け取ってかぶりつく娘を微笑ましく見守る母親は、小さな口のまわりについた果汁をエプロンの裾で拭いてやる。

そしてまた、二人して笑って…。

どこにでもある、平凡で幸せな母娘の姿だった。

あぜに座ってトマトを食べる娘のそばで、母は野菜の収穫を続けている。

だが、そのとき不意に空が暗くなって、上空から立派な翼を持つ青竜が舞い降りてきた。

『おまえが、キャンベルの森の魔女、ドーラか？』

身体を青い鱗に覆われた竜はとても大きく、紅い眼球はすべてを見透かすように鋭かった。

威圧的な態度と声音に驚いて、小さな娘は食べていたトマトを放り出して母にしがみつく。

『……はい、ドーラは私ですが…なにごとでしょう？』

『三日前、ヴォーグ村を襲い、家々から金品を奪って村民すべてを焼き殺したのは、おまえの仕業だとわかっている。おまえには、その罪を償ってもらうから覚悟しろ』

ドーラは目を見開いて頭を振り、完全に否定した。

『まさか？　私には、まったく身に覚えがありません』

『いいや、あんな残忍で無慈悲なこと平気でやってのけるのは、魔女以外あり得ないからな』

『確かに私は魔女です。でも私たち親子は、この湖畔でただ静かに暮らしているだけ。きっと、なにかの誤解です』

だが、青龍は取り合わない。

『誤解だと？　唯一、焼け残った教会の祭壇の前に、魔法陣が描かれているのが見つかった。

この国で魔術を使うのは魔女しかいないだろう？　それが、なによりの証拠だ！』

『いいえ。私はそんな村には行ったこともありません。きっと、なにかの間違いです』

だが、懸命に冤罪《えんざい》だと訴えるドーラの願いは聞き届けられなかった。

激昂した様子の青龍は、空に向かって吠えたあと、高く腕をかざして一気に振り下ろした。

『危ない、逃げて！』

ドーラが娘を突き飛ばした瞬間、その鋭い爪がドーラの身体を無残にも引き裂いてしまい
…。

『きゃぁぁぁ！』

悲鳴をあげたのは、ドーラの幼い娘だった。

肩から腰までを裂かれたドーラは己の鮮血に染まり、激しい痛みに苦しみながらも、まだ己の身の潔白を訴え続ける。

『……イザヴェラ、可愛い私の娘…イザヴェラ。お母さんを信じて。私は…誰も、殺してなんかいないわ。だから、せめてあなただけは逃げて。逃げ…なさい。どこか…遠くへ…』

ドーラの瞳がゆっくりと金色に色を変えていき、まばゆく光りを放ち始める。

その直後、不思議なことに、イザヴェラの手の中には水晶玉と魔術の書物が現れた。

『お母さん、お母さんっ！』

『それは魔女の一族に代々伝わる大切なものよ。私の代わりに、きっとあなたを護ってくれ

る』
ただ泣きながら、血まみれの母の傍らで彼女を呼び続けているイザヴェラ。
『さぁ、行きなさいイザヴェラ！』
青竜が娘を捕らえようと手を伸ばしたとき、ドーラは最期の力で呪文を唱え…。
次の瞬間、娘の姿は光とともに、その場から消え失《う》せていた。

信じられない光景を見せた水晶玉を、エーリアルとセイファスは呆然《ぼうぜん》と見つめている。

「これは…事実なのでしょうか…？　ドーラは本当に無実だった？」

（お母様、どうか僕に真実を教えてください）

答えを求めるように、エーリアルが水晶玉に触れる。

するとそれは二人目の前で再び霧に包まれ、やがて違う景色を映し出した。


草木の生い茂る獣道を、馬で列をなして駆け下りてくるのは、ゾゾ山を住処《すみか》としているならず者の山賊団だった。

その夜、連中が狙ったのは、ドラゴリアン王国の扇状地に位置し、農村としてとても豊かなヴォーグ村。

奴らは躊躇《ちゅうちょ》なく家々を壊しては金品を強奪し、抵抗しない村民まで、すべてを切り捨てていく。

慈悲を乞う者にもそれは容赦なく、あまりに残忍な様子だった。

一方、一味の女が一人、教会の中に入っていき、祭壇の前で己の指をナイフで傷つけ、その血で床の石版に魔法陣を描いている。魔法陣はまったくデタラメなものだったが、そんなことはかまわない。魔女の痕跡だと思わせられればいいのだ。

それが終わると女は外に出ていき、教会や家々に油をまき散らし、火をつけてまわった。村は一気に炎に包まれ、火は家も木々をもすべてを焼き尽くしたが、石版の床に血で描かれた嘘の魔法陣だけは消えることがなかった。


すべての真実が明かされ、なにもかもが繋がった。

エーリアルの母、イザヴェラがなぜ竜族を惨殺することになったのか。

すべてはゾゾ山を根城にする山賊が仕組んだ罠《わな》で、竜族がそれを魔女ドーラの仕業と誤解したことから始まった悲劇だったのだ。

セイファスは苦々しい面持ちで口を開く。

「さっき…ドーラを殺《あや》めた青竜のことだが、彼のことは父から聞いて知っている」

当時、ヒース王から国の治安を任されていたのが青竜ガバンスで、彼は誰よりも豪腕な戦士だったが、その一方で思い込みが激しく短気で、時々問題を起こしていたという。

「今、我々が水晶玉に見せられたもの…これが真実で。すべての始まりだったんだ」

エーリアルも声を詰まらせる。

「お母様は、あんな幼い頃に母親を目の前で殺されたんですね」

「あぁ、しかもそれは冤罪によってだ。おそらくイザヴェラは逃げ延びたのちに、ドーラからゆだねられた水晶玉で真犯人を見たのだろう。我が国の過去の犯罪記録簿で、ゾゾ山の山賊がなにものかに惨殺された事件の記録を見たことを覚えているが、イザヴェラの仕業だったに違いない。その後は…冤罪で母ドーラを殺した青龍だけでなく、我々竜族すべてに恨みを持って…」

復讐《ふくしゅう》のため、城を焼き討ちにして竜族を根絶やしにしようとした。

すべては、罪もない魔女の母娘にかけられた冤罪から始まった悲劇。

「エーリアル……すまなかった。おまえの母を苦しめたのは、俺たち一族の者だったなんて。まだ幼い娘の前で母親の命を奪うなど…信じられない蛮行だ！」

怒りをあらわにするセイファスのそばで、エーリアルはただ涙が止まらなくなっていた。

優しかった母であるアンが、幼少の頃に負った心の傷は深く悲しいものだった。

（お母様はきっと、心の優しい人だったんだろうな。人里離れた村で、ひっそり静かに暮らしていた僕の祖母となるドーラみたいに）

そしてエーリアルが知るアンは、忌まわしい記憶をすべて失ったことで、本来持っていた優しさを取り戻していたのだろう。

母を殺され、仇討《かたきう》ちをして逃げ延びても心の傷は深く、おそらく自らその記憶を封印したに違いない。

「お母様、お母様…ごめんなさい。なにも知らなくて。それなのに、いつも私に優しくしてくれてありがとう。お母さまは、あんなつらい思いをしたのに……」

水晶玉の前で、泣き崩れる細い身体を、セイファスは支えて抱きしめた。

「俺の一族の犯した罪を、おまえは許してくれるか？」

真摯《しんし》な声だった。

（憎しみと哀しみの連鎖を、魔女の血族である僕が、今こそここで断ち切らなくちゃいけないんだ。もしかしたら、そのために僕はこの城に導かれたのかもしれない。そうですよね？お母様…）

エーリアルの答えは、もう決まっている。

「はい。なにもかも、私は許します…」

愛する妻の手を、セイファスは強く握った。

「エーリアル、俺たち一族とおまえの母が果たせなかった夢。家族で幸せになるという、あたりまえの夢を、俺と一緒に叶えてくれないか？　ここで、この城で…」

「……はい、セイファスさま。さすれば…母は、魔女イザヴェラの魂はうかばれますよね？　そして、戦で命を落とした竜族の方々も…」

「あぁ、そうとも。きっとそうだ」

エーリアルは涙をぬぐって夫の目を見ると、その瞳に光の差す未来を映した。

「ならば、どうか私をここに置いてください。そして、幸せになりましょう。ドラコー王子や、この国の民たちとともに」

「あぁ、幸せになろう。エーリアル…」

残された竜族であるセイファスとジャスティン。

そして魔女の末裔《まつえい》であるエーリアル。

不思議な因果で結びついた者たちの運命は、真実を知って互いを許すことできっと浄化されるに違いない。

「ずっとそばにいてくれ、エーリアル。今一度誓ってくれ。生涯、俺のそばを離れないと」

（お母様、見ていてください。僕はここで…セイファスさまのおそばで、幸せになります）

「はい…はい、誓います。セイファスさま」

万感の思いを込めて抱きしめる夫の腕に、エーリアルは新しい希望を見いだしていた。

「きっと、私たちは幸せになれます。私にはわかります」

「あぁ、そうだ。幸せになろう」

セイファスは、愛おしい金色の髪に口づける。

「愛しているエーリアル」

逞しい背に両手をまわし、エーリアルはぎゅっと抱きしめて告げた。

「私も…あなたを愛しています。永遠に…」

後日談　～竜王さまの心のつぶやき～

俺は最近、とにかく政務が忙しい。

今週も王国内の各地方へと遠征に出向き、さまざまな行事にも招かれた。

そんなこんなで多忙を極めた今週は、一度もエーリアルが起きている時間に、城に戻れたためしがなかったが…。

しかし！

今日は午後に出席した会議を早めに切りあげたから、まだ宵のうちに帰ってこられた。

だから、愛しい俺の妻もまだ起きているに違いない。

「エーリアルは夫の早い帰還に、きっと喜んでくれるんだろうな。ふふふ」

よし、今夜は夫婦水入らずで旨いワインでも飲みながら、久しぶりにゆっくり語らおう。

もちろんそのあとは、俺がたっぷりと我が妻を愉《たの》しませてやるというもの。

「待っていろよエーリアル！」

居室に向かう廊下を歩く俺の足も、自然と軽やかに弾んだ。

「エーリアル、今戻ったぞ！」

内心のわくわくを極力顔に出さないよう注意を払い、俺は寝室の扉を開けたが…。

「お帰りなさいませ、セイファスさま」

「あ〜、セ〜ファ〜。おかぇりま〜せ」

いきなり真正面から激しい衝撃を受けて、俺は背中を扉に打ちつけた。

「うわっ。なんだ？　おまえ…ドラコー？　あぁ、そうか。だが…？　おかしい。おまえはもう、ベケットと寝ている時間じゃないのか？」

いやいやいやいや。聞いてないぞこんなことは。

「ん〜。きょうはね、エーリーに絵本を読んでもらうの〜。これ〜」

なんてことだ！

久々に過ごす夫婦水入らずの貴重な夜の時間を、息子に邪魔されるってことか？

あぁ、まったくもってなんてことだ！　あり得ない。

「セイファスさま、ドラコー王子がどうしても『うさぎのトーマス』を読んで欲しいっていうので、少しだけいいでしょうか？」

ああ、いや。俺はドラコーが可愛いし確かに愛している。

だからもちろん、かまわないさ。

絵本を読む時間くらい与えてやるのが大人の男、そして父親の余裕だ。

エーリアルを久しぶりに可愛がる…ではなく、久しぶりに妻と楽しい時を過ごすのは、少しだけあとにすることにしよう。

「ドラコー王子、いいですか？　絵本を読んだらちゃんとベケットの部屋で休みますね？」

「うん。ねる〜。ちゃんといい子でねる」

エーリアルはドラコー王子を撫でると、そのまま一緒に夫婦の寝台に入った。

まぁいいさ許す。でも…このくらいはしてもいいだろう？

なぜなら、ここは俺の寝台でもあるんだからな。

「あ……あの、セイファスさま？　どうなさいました？」

俺はすかさず寝台にあがって、エーリアルの左側の寝具に潜り込んだ。

エーリアルを真ん中に挟み、その両隣にドラコーと俺。どうも、少し妙な感じだが…。

「かまわないだろう？　俺もその、エーリアルに絵本を読んでもらいたいんだ」

「は？」

呆《あき》れている顔だなエーリアル？　まぁ確かに、大人げない気もするが。ならば。

「おまえも知っての通り、俺は生後すぐに母を亡くした。だから…母に絵本なんて読んでもらった思い出がないんだ」

哀しい顔を装うと、優しい我が妻はとたんに同情してくれる。ふふ、予想通りだな。

「失礼しましたセイファスさま。では、私がお二人に絵本を読んでさしあげます」

俺はすかさず、妻の耳元にこそっと囁いた。

（でも、あとで二人きりになったときは、たっぷり秘めごとに時間を取ってもらうからな）

にやりと笑って見せると、エーリアルはとたんに頬を赤らめた。

ふふ、本当に初々しくて可愛い妻だ。

「ねぇエーリー、早く絵本を読んでよぉ」

「はい、わかりました。では…読みますね。『遠い昔のこと、アガパンズの森に……』」

ふん。それにしても、絵本を読む母の声というのは、なんとも優しいものなんだな。

それに、絵本ごときだと軽んじていたが、絵も美しいし意外と面白い…。

あぁ、こういう母と過ごす思い出というのは、ドラコーの情操教育にはとてもいい。

それにしても、エーリアルはなんて優しくていい声なんだ。

それに……不思議だが、なんとも眠くなってくるのはどういうことだ？

最近は多忙で、確かに寝不足だったからな。

眠るのはもったいないが、なんというのか……こういうことが、幸せなんだろうな。

エーリアル……。

「セイファスさま？　セイファスさま？　お疲れだから、眠ってしまわれたんですね？　ドラコー王子も気持ちよさそうにおやすみになって。では今夜はこのまま、三人で一緒に寝ましょうか」

エーリアルの声が聞こえる。眠るのは惜しいが、まぁいい。
明日の朝、たっぷりと俺がおまえを可愛がってやるからな。
おやすみ愛しいエーリアル。そして可愛いドラコー。

あとがき

こんにちは、早乙女彩乃です。

久しぶりの異世界ものでしたが、いかがでしたか？

とにもかくにも、竜王さまと生贄花嫁、そしてチビ竜の三人が、とっても幸せになりました♥　っていう大団円のエンディングが書けて大満足しています。

きっとこのあと、チビ竜はどんどんカッコイイ竜に成長し、エーリアルのことを、竜王さまと奪い合う展開になる気がしますね。んふふ～！　そんなことをあれこれ頭の中で想像するのも楽しいです。

あ、それから気になっている方もいらっしゃるでしょうが、弟のジャスティンさまは、数年後、隣国の美しい姫君と大恋愛の末に結婚して、たくさんの子宝に恵まれますのでご安心くださいね。もちろん、セイファス王は相変わらずエーリアルを溺愛しまくっているること間違いありません。今後はドラゴリアン王国の城の竜族もどんどん増えて、きっとまた昔のように賑やかになることでしょう。

さて。今回のような、お伽の国が舞台の話を書くのは久しぶりだったのですが、とても新鮮な気分で書けました。「竜」や「魔女」などといった架空の存在を扱うのは初めてだったこともあり、プロットのときが一番苦労しました。なにせほら、早乙女はへっぽこですから（苦笑）。それでも、皆さまに少しでも楽しんでいただけていたら嬉しく思います。

編集のSさま。今回もタイトルでは特にお世話になりました。毎回、いろんな案を提示していただいて助かります。ありがとうございました。

イラストレーターのキツヲさま。どこかワイルドな匂いが漂う絵柄なのに繊細…という素敵な挿絵をありがとうございました。

皆さま、こんな最後までおつきあいいただきまして、本当にありがとうございました。ぜひまた、次回作でお会いできましたら嬉しく思います。

本作品は書き下ろしです

早乙女彩乃先生、キツヲ先生へのお便り、
本作品に関するご意見、ご感想などは
〒101-8405
東京都千代田区三崎町2-18-11
二見書房　シャレード文庫
「ドラゴリアン婚姻譚～甘やかされる生贄～」係まで。

CHARADE BUNKO

ドラゴリアン婚《こん》姻《いん》譚《たん》～甘《あま》やかされる生贄《いけにえ》～

【著者】早乙女彩乃《さおとめあやの》

【発行所】株式会社二見書房
東京都千代田区三崎町2-18-11
電話　03(3515)2311[営業]
　　　03(3515)2314[編集]
振替　00170-4-2639
【印刷】株式会社　堀内印刷所
【製本】株式会社　村上製本所

落丁・乱丁本はお取り替えいたします。
定価は、カバーに表示してあります。

ISBN978-4-576-16144-0

http://charade.futami.co.jp/